PANTHÉON POPULAIRE ILLUSTRÉ

ÉMILE

DE LA BÉDOLLIÈRE

ILLUSTRÉ

PAR FOULQUIER

GUSTAVE BARBA, ÉDITEUR. BEST ET HOTELIN, GRAVEURS.

LE DERNIER ROBINSON.

CHAPITRE I.

Les îles de Namolipiafan-Fananou.

On m'a souvent invité à ublier le récit de mes aventures. Ce qui m'a fait hésier jusqu'à présent, c'est la rainte de confondre mes dées d'autrefois avec celles 'aujourd'hui, et de ne pou'oir, sous l'influence de mon tat nouveau, me reporter ux impressions de ma jeuesse. Comment faire disaraître le badigeon factice ont m'a couvert la civiliation, pour retrouver desous, dans leur naïveté priordiale, mes idées et mes ensations antérieures? Comnent oublier ce que j'ai appris, pour me souvenir de e que j'ai oublié? Comment ncore appliquer d'une maière exacte à tant d'objets ue j'ai vus jadis sans les onnaître des noms qui n'ont été révélés longtemps près?

J'invite mes compatriotes le fraîche date à ne pas oulier, en lisant mes mémoires, que l'auteur a été ongtemps rebelle à leurs ois, à leurs mœurs, à leurs sages; qu'il a péché par gnorance, et qu'il prend la lume après une conversion ardive, fatigué d'une lutte

Tyano, le dernier Robinson.

où la force n'était pas de son côté. Il y a en moi deux hommes distincts : l'un est un sauvage destiné par l'antiquité de sa race à commander à ses semblables, impérieux, mais ayant des goûts simples, et profondément étranger aux raffinements sociaux; l'autre est une recrue du monde policé, un néophyte humblement soumis à des règles qui ne lui avaient pas été primitivement enseignées, un homme assez désabusé de ses idées de grandeur et même d'indépendance pour s'être résigné à n'être qu'une imperceptible unité dans le chiffre d'une grande nation.

Akoubea, mon père, surnommé *Niao-Maëmilia* (ou l'Étoile du peuple), était *tamet* ou chef héréditaire des treize îles de Namolipiafan-Fananou; c'était à la fois un guerrier célèbre et un sage dispensateur de la justice. Il avait vaincu dans des guerres sanglantes les habitants des îles Louasape, Lougounor, Arao, Padagola et Udia-Milaï. Il était équitable, non-seulement pour ses sujets, mais encore pour les navigateurs de race blanche que le hasard amenait dans nos parages. Le capitaine et cinq matelots d'un baleinier français, que mon grand-père, Namourik, avait recueillis et déclarés *tabous*, c'est-à-dire inviolables, furent traités par son fils, jusqu'à leur dernier jour, avec tous les égards dus au malheur. Ils moururent parmi nous; je fus en rapport avec eux pendant toute mon enfance, et ils m'enseignèrent la langue qui est devenue exclusivement la mienne. Je me trouvai accidentellement dans la position de ces enfants d'Europe auprès desquels leurs riches parents placent des précepteurs ou des domestiques étrangers, et qui apprennent sans peine, sans efforts, à parler couramment des langues dont l'étude, en d'autres circonstances, aurait exigé de pénibles travaux.

Ce ne fut qu'un accessoire dans mon éducation, aussi brillante que complète sous tous les rapports. Dès seize ans, j'étais habile à nager, à harponner le poisson, à conduire une pirogue, à me servir de la fronde, de l'arc, du tomereng des Zélandais et du kriss acéré des Dayas. Je possédais aussi des arts d'agrément; je savais danser l'*huluhulu*, effrayer l'ennemi par des contorsions, lui faire des grimaces, enfin tatouer avec un morceau d'écaille de tortue, et j'obtins même un premier prix de tatouage au concours général qui eut lieu entre les enfants des treize îles.

Ravi de mes talents, mon père, auquel ses blessures et ses longs travaux rendaient le repos nécessaire, eut envie de me céder le pouvoir. Ce projet rencontra une vive opposition, car, en vertu des lois caroliniennes, les fils du *tamet* ne lui succèdent que lorsqu'il n'a pas de frères. Coroou, mon oncle, organisa une cabale parmi les *rupaks* ou seigneurs; mais mon père persista, et il fut décidé qu'à la nouvelle lune prochaine mes droits seraient solennellement reconnus dans une cérémonie publique.

La veille de ce grand jour, prosterné devant mon *atoua*, divinité protectrice de mon foyer, je me disposais à mon élévation future par de pieuses méditations, mon père déjeunait avec de la racine de *kalo* pilée, quand on vint nous prévenir qu'un vaisseau étranger avait paru en vue de l'île Namouïne.

— Tyana, me dit mon père, il faut prouver que l'étoile du peuple n'a pas gardé ses rayons pour elle, et qu'il s'en est détaché quelques-uns qui servent d'auréole à ton front. Va trouver ces étrangers : s'ils apportent la paix, offre-leur des ignames bouillies, les fruits de l'arbre à pain et ceux du cocotier; s'ils menacent, attaque-les sans peur. Le tonnerre est enfermé dans les murs de leurs grandes pirogues, ils lancent au loin des éclairs qui donnent la mort; mais la mort respecte longtemps ceux qui s'élèvent au-dessus d'elle. Ce n'est qu'après de constants efforts que les lames de la grande mer minent le rocher dont elles ne peuvent atteindre la cime.

Il ajouta quelques instructions; puis il me dit adieu, sans se douter que c'était pour la dernière fois.

En sortant, j'aperçus, sur le seuil, ma mère, Eoua-Térée, la plus chérie des deux femmes du *tamet*. Elle m'adressa de loin un sourire qui m'attira vers elle irrésistiblement. Quand je fus dans ses bras, elle se mit à pleurer en me pressant contre son cœur. Je lui exposai en peu de mots le but de ma mission; elle ne me répondit qu'en versant de nouvelles larmes. Après que je l'eus quittée, elle monta sur un tertre et me suivit des yeux jusqu'à ce que j'eusse disparu. Elle avait le pressentiment qu'elle ne me reverrait jamais!

CHAPITRE II.

La grande Case voyageuse.

L'apparition d'un vaisseau était un grand événement. Suivant la méthode qu'emploient les chrétiens pour mesurer le temps, c'était seulement le 2 avril 1826 qu'un Anglais, John Hall, avait découvert les treize îles, et les îles Mourileu, qui en sont voisines. Un Russe, nommé Frédéric Lütke, les avait explorées au mois de novembre 1828, mais depuis cette époque les blancs ne les avaient visitées qu'à de très-rares intervalles. Aussi, mus par une ardente curiosité, tous mes compatriotes s'embarquaient-ils à l'envi pour aller au-devant de ce qu'ils appelaient *patiri-paï* (la pirogue-tonnerre). Quelques vieux marins, qui avaient vu des vaisseaux européens dans leurs voyages à l'île Kalématan, aux Moluques et aux Philippines, expliquaient d'avance à la masse ignorante les merveilles qu'elle allait contempler.

Une flottille partit de l'île d'Ikop sous mon commandement. En route, nous rencontrâmes une multitude de pirogues qui se dirigeaient toutes vers le même point. Ceux qui les montaient avaient presque tous des armes, frondes, arcs ou *partinas*, kriss malais, marceets ou lances de bambou à pointes d'os ou de bois de bétel. Un peu étonné de ce belliqueux appareil, j'annonçai aux principaux *rupaks* qu'il n'entrait pas dans les intentions du *tamet* d'inquiéter les habitants de la grande case voyageuse si ceux-ci se présentaient amicalement. On me répondit par ces mots : « *Da, of iito* (Oui, c'est bien). »

Je n'eus pas le loisir d'insister; nous étions dans l'anse de Namouïne, et le vaisseau étranger s'offrait à nos regards. Je fus saisi d'étonnement à la vue de ce vaste édifice flottant dont les formes joignaient la grâce à la majesté. Le corps s'élevait au-dessus des flots comme une immense baleine; les mâts, avec leurs cordages compliqués, ressemblaient à deux palmiers chargés de lianes. Sur le pont, des canons, dont j'ignorais alors le nom et l'usage, étincelaient au soleil et en multipliaient les feux. Tout l'équipage était à bord. Un détachement de matelots, sous la conduite du lieutenant, s'était rendu à terre, et avait rempli des futailles à la source la plus voisine; mais importuné par une foule nombreuse, dont il suspectait la bonne foi, il s'était empressé de regagner le vaisseau.

Ma pirogue se fraya un passage à travers des centaines d'embarcations, et pour faire cesser l'indécision des étrangers, qui semblaient se demander les causes de cette affluence, j'élevai une branche de bananier en criant : — *Ajouta! aibou, taio! lolle!* (Abordez à terre! venez, amis! vous êtes les bienvenus!)

— Est-ce qu'il s'imagine que nous entendons son baragouin? dit un homme qui paraissait être le capitaine.

Je reconnus la langue que m'avaient apprise les hôtes de mon grand-père Namourik.

Mon premier mouvement fut de répondre, mais deux considérations me retinrent. D'abord, n'ayant pas eu l'occasion de parler français depuis près d'un an, date de la mort du dernier des naufragés, je craignais de commettre quelque grossière erreur et de faire rire à mes dépens. Cette perspective vraisemblable révoltait la fierté dont m'avait doué la nature et qu'avait développée l'habitude des grandeurs. — En second lieu, me dis-je, ces étrangers veulent peut-être se servir contre nous de leur puissance. S'ils savent que je les comprends, ils dissimuleront. Si j'ai l'air de ne point les entendre, ils s'expliqueront devant moi sans détour; je connaîtrai leurs projets, et je les déjouerai au besoin plus aisément.

Le vaisseau était cerné de tous côtés par nos pirogues, comme l'est un énorme cachalot par les petits poissons qui l'escortent. Plus de la moitié des insulaires étaient présents; les uns demeuraient ébahis, et leur bouche béante n'émettait aucun son; d'autres poussaient des clameurs confuses; d'autres encore avaient rapproché leurs embarcations, et délibéraient avec une animation extraordinaire. Les plus curieux et les plus intrépides étaient groupés autour du vaisseau, dont l'équipage empêchait avec peine l'envahissement.

Le capitaine leva un doigt en disant, dans le dialecte taïtien : — *Ataï* (Un seul); et par un autre geste il m'engageait à monter l'échelle du bord.

Avec l'insouciance, l'abandon, la sincérité du jeune âge, je me rendis à cette invitation, et je me trouvai bientôt sur le pont, au milieu des officiers. Quelques instants furent consacrés à nous examiner réciproquement. Pendant que j'admirais les uniformes galonnés, les sabres brillants, les épaulettes d'or, les marins étrangers considéraient avec attention mon costume et ma physionomie. Ils n'avaient dû voir dans les autres îles que des peuplades demi-nues; mais, navigateurs aventureux, favorisés par la connaissance des étoiles, des moussons et des courants, nous étendions nos relations commerciales jusque dans la mer des Célèbes, et la toilette des chefs de notre nation n'était pas exempte de recherche. En ma qualité de fils du *tamet*, j'avais aux poignets deux bracelets d'or pur. Mes cheveux, retroussés et noués en chignon près de la nuque, étaient assujettis par un cercle d'or rapporté de Songui-Bassar, ville de la côte septentrionale de Bornéo. Au-dessus de mes tempes se dressaient deux cornes faites avec les os d'une mâchoire d'espadon. Ma poitrine nue était la seule partie de mon corps qui fût tatouée, et un habile artiste y avait représenté un soleil environné d'étoiles. A mon cou pendait un collier de perles et de corail; sur mes épaules était jeté un pagne d'écorce d'hibiscus. Mon *oorah*, ou jupe, tressée avec la bourre de l'*émoure-papa*, était serrée sur mes hanches par une ceinture de même étoffe. Dans cette ceinture étaient passés mon *grimmio* (fronde de lianes tressées), mon tomereng zélandais, et un kriss ou poignard fabriqué par les Dayas de Varouni, si habiles dans l'art de préparer l'acier.

Je puis dire sans vanité que mon physique ne déparait point mes ajustements. Ma peau, ointe d'huile de coco, était d'un beau jaune bronzé; j'avais le front élevé, les yeux petits mais noirs et pétillants. Ma lèvre supérieure, légèrement retroussée, laissait voir des dents bien rangées et d'une éblouissante blancheur. J'étais d'une assez haute stature, et il me sembla qu'aucun des étrangers qui m'entouraient ne m'était comparable sous le rapport de la force musculaire, de la souplesse des membres et de la régularité des proportions.

— Voilà un beau type d'Océanien! dit le capitaine. Voyons, il faut tâcher de nous entendre avec lui... L'ami, comment appelles-tu ces îles?

— *Kinn kabbeling lougrée* (Je ne sais pas, je ne comprends pas), répondis-je.

— Il doit se tromper, reprit le capitaine; moi, qui me pique d'être un savant, je ne connais pas d'île de ce nom. L'ami, est-ce que ton pays n'est pas plutôt Namolipiafan-Fananou?

Il répéta plusieurs fois ces mots en me montrant la côte, et je fis un signe de tête affirmatif.

— Je le savais bien, s'écria le capitaine d'un air triomphant. Depuis que le brick *le Lézard* a quitté Nouka-Hiva, il a relâché à l'île Phœnix, aux îles Scarborough, à Los Valientes, à l'île Ibargailia, et nous voici aux Carolines par les 8° 27′ et 8° 48′ de latitude N., et par les 149° 24′ et 150° 2′ E. de longitude. S'il faut en croire Lütke, les habitants de ces parages sont de bonnes pâtes d'hommes, et nous aurons d'eux tout ce que nous voudrons.

Après avoir adressé ces paroles à son lieutenant, il se tourna vers moi, ouvrit la bouche, et en rapprocha l'index de sa main droite à plusieurs reprises. Puis il me dit, dans le dialecte taïtien, en mettant un intervalle entre chaque mot :

— *Maa; pouaa; moa; etoumoua; ari; meia* (Manger; porc; poule; tourterelle; coco; bananes). Et nous te donnerons en échange, ajouta-t-il en frappant du même index la paume de sa main gauche : *hequii; hakoubea; lessi; tausa* (du fer; des clous; des verroteries; des grelots).

J'indiquai par un geste que j'avais compris; et m'approchant du plat-bord, je criai à mes compagnons d'aller chercher des vivres pour les habitants de la grande case voyageuse, qui voulaient trafiquer en paix avec nous. A ma grande surprise, quelques *rupaks* me répliquèrent :

— *Taop, tap* (Non, rien)!

Je réitérai mes ordres, et déclarai qu'agissant au nom de mon père le *tamet* je devais m'attendre à être obéi. De plusieurs pirogues on me cria : — *Da, of iito*; et elles pagayèrent immédiatement vers la côte. Pendant qu'elles s'éloignaient, le capitaine ferma la main de manière à lui donner la forme cylindrique d'un verre; puis il la porta à ses lèvres en renversant la tête. Je devinai qu'il me priait ainsi de déguster ses rafraîchissements en attendant qu'il reçût les miens, et me laissai conduire avec confiance dans la principale cabine du bâtiment.

Le capitaine me fit asseoir devant une table sur laquelle étaient placés des verres et quatre bouteilles, qu'il me montra tour à tour en disant : — Bordeaux, madère, rhum, eau-de-vie.

Dans l'embarras du choix, et désirant profiter d'une occasion peut-être unique pour connaître le goût des boissons étrangères, je saisis deux verres de chaque main et les tendis avec empressement.

— Le sauvage a des dispositions! dit le lieutenant; on en fera quelque chose.

Je ne connaissais d'autre liqueur fermentée que le *kawa* indigène. Pour le préparer, on mâche des racines de poivrier, on les jette dans un vase de bois, et on verse dessus de l'eau, où elles macèrent pendant quelques jours. En dépit de mon amour-propre national, j'avoue que je lui préférai les boissons des Français, surtout le rhum. Je témoignai ma satisfaction en me passant la main sur le creux de l'estomac et en présentant de nouveau mes quatre verres.

— Il a la protubérance de la bibacité, dit le capitaine, qui affectionnait les mots savants.

Pendant que le capitaine trinquait avec moi et s'efforçait d'engager une conversation mimique, un de mes amis, Niouniou, entra sous l'escorte de deux matelots. Il portait sur la tête une corbeille de feuilles de vaquois contenant des cocos, un régime de bananes, des citrons, des goyaves et des pommes de Cythère. Dès qu'il eut déposé son fardeau, il m'apostropha avec une grande volubilité.

— Tyana, me dit-il, ton oncle trame un complot contre toi. Il a persuadé aux *rupaks* que la case flottante cachait des trésors; il les presse de l'attaquer, dans l'espoir que les étrangers te tueront ou te garderont prisonnier. Hâte-toi de sortir d'ici!

L'alcool, auquel je n'étais pas habitué, commençait à exercer en moi son empire avec d'autant plus de force, que je n'avais point prévu le danger; déjà ma cervelle s'embarrassait; mes oreilles ne percevaient les sons que confusément; toutefois je ne perdis pas un mot de l'avertissement de Niouniou, et j'en sentis toute l'importance. Il était d'ailleurs impossible de se méprendre sur le changement qui s'opérait dans la nature des bruits du dehors. Ce n'était plus le joyeux babil d'une population captivée par un spectacle étrange, c'était un murmure sinistre, précurseur de la tempête, et je distinguai les cris de : — *Aouaou atouetoa! hoïda! alick-wi! ouerini!* (A bas les blancs! allez-vous-en! retirez-vous! nous sommes en colère!)

L'agitation de Niouniou et l'espèce d'émeute qui éclatait dans la baie de Namouïne n'échappèrent point aux officiers du brick.

— Il doit y avoir du nouveau, dit le capitaine : avec cette maudite race de la Polynésie, on n'est jamais sûr de rien!

Et, suivi de ses compagnons, il s'élança sur les traces de Niouniou, qui venait de quitter la cabine.

Je me levai pour les suivre; mais j'avais les jambes inertes, la tête alourdie, les yeux couvert d'un brouillard. Je serais tombé si je ne m'étais cramponné à la table.

Au dehors, les clameurs redoublaient et annonçaient une exaspération toujours croissante. On entamait des chants pour invoquer le dieu Tamafaiga, qui excite à la guerre; le dieu Sinbo, qui mène les combattants, et la déesse Onafanua, qui les encourage.

J'essayai de faire quelques pas; mais je chancelais comme un enfant, et fus obligé de me laisser tomber lourdement sur une chaise. Renonçant à sortir de la cabine, je voulus du moins prévenir le capitaine de ce qui se passait, et m'écriai en français :

— Mon capitaine!... cap...

Une effroyable détonation étouffa ma voix. Assailli brusquement à coups de pierre, le brick avait lâché sa bordée. Elle dut être meurtrière, car j'entendis les plaintes et les gémissements de mes compatriotes blessés. Cependant, enhardis par la supériorité du nombre, ils reprirent leurs frondes, et une grêle de projectiles vint tomber avec un bruit sec sur le pont qui m'abritait.

Je tentai un effort héroïque. Ma présence pouvait en imposer aux assaillants, suspendre les hostilités, arrêter l'effusion du sang, assurer mon avenir. Ne pas intervenir, au contraire, c'était me vouer au déshonneur, à l'exil, à l'esclavage, peut-être à la mort. Rassemblant toute l'énergie morale qu'un homme peut employer pour dominer la partie animale, je parvins à me tenir debout; mais à l'instant même où je croyais avoir le pied ferme, le sol qui me portait cessa de l'être. Comme si mes sensations se fussent communiquées au vaisseau, il oscilla; il pivota sur lui-même ainsi qu'un géant ivre. Incapable de résister à ce balancement imprévu, je perdis l'équilibre et roulai pesamment dans un coin.

Le clapotis des eaux, les commandements nautiques, les craquements sourds de la carène et les sifflements aigus des manœuvres se mêlaient aux explosions réitérées de l'artillerie. Il y avait de quoi réveiller un mort; néanmoins je m'endormis à ce fracas, comme je m'endormais jadis aux chansons de ma mère quand elle me balançait dans mon berceau de lianes à l'ombre des ébéniers en fleur.

CHAPITRE III.

L'Académie des sciences.

Je me réveillai dans les ténèbres. Où étais-je? combien de temps s'était écoulé depuis mon accès de léthargie? quelle avait été l'issue du combat? C'est ce que j'ignorais complétement. Mes souvenirs étaient vagues, et je fus quelques instants sans pouvoir me rendre compte de ma situation.

Mon incertitude ne tarda pas à être dissipée : une porte s'ouvrit dans le plafond de ma noire prison, et un matelot parut en haut d'une échelle.

— Ohé! pochard de sauvage! me dit-il d'un ton brutal, qu'est-ce que tu deviens?

Je levai ma tête appesantie. Lui répondre, c'eût été me rendre suspect, et ma dissimulation aurait pu être châtiée comme une perfidie. Je gardai donc le silence.

— Imbécile que je suis! reprit le matelot, j'oublie que le sauvage n'entend pas le français; c'est bien digne de lui... Tiens, canaille, voici de l'eau et du biscuit, c'est trop bon pour toi.

Il descendit l'échelle, déposa près de moi une cruche et un morceau d'une substance qui m'était inconnue; puis il sortit en refermant sur moi l'écoutille.

J'avais une soif ardente. Je portai la cruche à mes lèvres et bus avec avidité. Le liquide salutaire qui rafraîchissait mes sens me parut supérieur au kawa, au bordeaux, et même au rhum de la Jamaïque.

Mes facultés encore obtuses revinrent par degrés, et avec elles de poignantes angoisses. Je n'en pouvais malheureusement douter, j'étais prisonnier des blancs, jeté au fond de leur navire, condamné à les suivre partout où ils jugeraient à propos de me traîner. Il fallait dire adieu à ma patrie, à ma famille, à mes rêves d'ambition. Ma jeunesse, destinée au rang suprême, allait s'écouler dans la captivité; au lieu de régner sur des sujets dociles, j'allais gémir sous la domination de maîtres barbares. Cette douloureuse perspective me déchira le cœur, et j'éclatai en sanglots. Dans l'excès de mon désespoir, j'aurais attenté à mes jours si j'avais eu mon kriss sous la main; mais on me l'avait enlevé. Mon tomereng avait aussi disparu. On ne m'avait laissé que ma fronde, qui, vide et suspendue à mon ceinturon, avait moins l'air d'une arme que d'une espèce d'ornement bizarre.

Un mince filet de lumière tomba sur mon front; la porte du plafond s'ouvrit de nouveau, et j'aperçus le capitaine accompagné du premier lieutenant. Ne voulant pas témoigner de faiblesse devant les vainqueurs, je me levai et les regardai fixement.

Le capitaine me fit signe de monter.

J'hésitai : c'était m'humilier, faire acte de soumission; le désir de respirer un air plus pur l'emporta. Et puis, si le navire était encore près de la terre, ne pouvais-je me jeter à la mer et nager jusqu'à la côte voisine?

Je montai sur le pont. Mes yeux, éblouis par les splendeurs d'un soleil tropical au sortir d'une obscure prison, ne purent d'abord rien distinguer. Dès qu'ils se furent familiarisés avec le grand jour, ils interrogèrent de toutes parts les limites de l'horizon. Hélas! de toutes parts l'immense abîme nous environnait.

Mes larmes furent sur le point de couler, ma poitrine se gonfla; mais j'avais trop d'orgueil pour ne pas maîtriser mes émotions.

— Tu peux te promener, me dit le capitaine en ajoutant à ces paroles un geste qui les expliquait.

Loin de profiter de cette permission, je m'assis dans un coin, où je restai les bras croisés, sombre et taciturne.

— Il n'a pas l'air gai, reprit le capitaine en s'adressant au premier lieutenant. Je voudrais pouvoir lui faire comprendre qu'il doit s'estimer heureux d'en être quitte à si bon marché. Nous avons perdu quatre hommes dans notre engagement avec ces diables d'insulaires; et si, dans le premier moment, nos matelots avaient pensé à lui, ils l'auraient coupé en quatre.

— Que comptez-vous en faire? demanda le premier lieutenant. Votre intention est-elle de le débarquer à la première occasion ou de le conduire en France?

— Je compte bien le garder; ce sera une gloire pour moi d'être le premier qui importera en France un type de la race indo-malaiso-polynésienne. Je le soumettrai à l'Académie des sciences, et sa carcasse aura l'honneur un jour d'orner le cabinet d'anatomie comparée.

J'ai dit que j'avais appris le français par la pratique, et, maintenant que j'y réfléchis, je suis étonné de l'outrecuidance avec laquelle tant de gens se persuadent et persuadent aux autres qu'ils savent une langue. La leur même, quoi qu'ils en disent, leur est et leur sera toujours inconnue. Il existe une telle variété d'expressions techniques pour la philosophie, la littérature, les beaux-arts, les sciences, les métiers, l'industrie, la marine, etc., que la plupart des hommes meurent sans connaître le quart des mots de leur dictionnaire national. Les marins du brik *le Lézard*, qui avaient probablement la prétention de parler français, n'étaient pas, j'en suis sûr, à même de comprendre la phrase pédantesque du capitaine. Non-seulement elle fut inintelligible pour moi, mais encore mon imagination lui attribua un sens effrayant. Je me figurai qu'on se proposait de me livrer aux insultes de la populace et de me faire ensuite périr dans les tortures. J'ignorais qu'il y eût des sciences, et plus encore qu'elles fussent représentées par une Académie. Ce corps savant m'apparut comme une sorte de tribunal appelé à décider du sort des captifs. Quant au cabinet d'anatomie comparée, ce devait être l'équivalent des *moraï*, où nous exposons les cadavres, et mon corps mis en lambeaux devait y être placé pour servir de pâture aux oiseaux de proie.

Plus je ruminai ces idées, plus elles prirent de la consistance. Le soir, quand on me reconduisit dans ma prison, j'avais formé la résolution de me soustraire, par tous les moyens possibles, à mon affreuse destinée.

Mon projet était de m'évader aussitôt qu'on aurait signalé une terre, et de l'atteindre à la nage. Exercé dès mes plus jeunes années à me jouer au milieu des flots, je pouvais me soutenir sur l'eau pendant des heures entières. Une fois sauvé, me disais-je, si je ne débarque pas chez une peuplade amie, je vivrai solitaire sur le rivage ou dans les bois jusqu'à ce que je trouve les moyens de retourner dans mon pays.

Je n'avais point calculé la distance qui m'en séparait.

Ma résolution était prise. Il importait de la celer à ceux que je regardais comme mes ennemis : j'affectai de l'enjouement, j'eus l'air d'avoir pris mon parti; je feignis d'écouter attentivement les leçons de français que me donnaient les étrangers, et consentis même à les aider dans les manœuvres. Comme la mer était mauvaise, mes secours ne furent pas inutiles; et je puis dire que, habile dans tous les exercices du corps, je contribuai par mon activité à sauver le bâtiment, que plusieurs coups de vent assaillirent. En récompense de mes services, on m'accorda une place dans un coin du logement des matelots et la faculté d'aller et de venir dans toute l'étendue du vaisseau. Pour me préserver des variations de la température, on me fit présent d'un costume complet de matelot. Je mis une chemise, un pantalon, une veste de drap bleu, et substituai un chapeau ciré à ma couronne d'or enrichie d'os d'espadon. Je ne gardai de mon costume que ma ceinture d'*émoure-papa*.

Nous relâchâmes dans plusieurs ports, mais il me fut impossible de fuir. Tantôt, par un reste de méfiance, on m'enfermait dès qu'on entrait en rade; tantôt les officiers me menaient avec eux dans la ville, où ils me montraient comme un animal curieux, et où j'étais constamment surveillé. Toutes les fois que j'apercevais une côte j'avais envie de m'aventurer au milieu des eaux; mais le temps était si affreux et la mer si grosse, que, malgré mon habileté dans la natation, j'aurais infailliblement péri dans le trajet du brick au rivage.

La fin de la traversée fut plus heureuse que le début; le ciel s'éclaircit; les bourrasques cessèrent; un beau soleil d'été dora la cime des vagues, et des bandes de marsouins se jouaient autour du bâtiment. J'entendis un matin le capitaine dire en se frottant les mains :

— Tout va bien; si ce vent continue, demain nous serons par le travers de la rivière de Nantes, et dans deux jours à Lorient.

Je n'avais plus à hésiter : il fallait ou rester captif, ou m'affranchir au péril de ma vie. Une pensée m'arrêta un moment. Si je parvenais à gagner la plage, comment y subsister, seul, sans abri, sans secours étrangers, entouré probablement d'habitants ennemis dont j'aurais à éviter la rencontre? Jugeant des contrées qui m'étaient inconnues par celles que je connaissais, je me dis : La nature est prodigue; Tangaloa-Lagi, le maître et l'ouvrier du monde, a pris soin de ses créatures. Sur les sables, il a placé des *tripans*, des coquillages savoureux, des tortues qu'il suffit de retourner pour les prendre et dont la chair est exquise. Il a ordonné à la terre de produire l'arbre à pain, le cocotier, le goyavier, le tamarinier, le bananier, le nafé, l'igname, la canne à sucre, la patate sucrée, l'oranger, le figuier. La terre regorge de fruits qui croîtront pour moi sans culture et que je récolterai sans peine. Le phormium, le cotonnier, le vaquois, le mûrier à papier me fourniront les meilleurs vêtements. Si je veux me bâtir une cabane ou me creuser une pirogue, vingt arbres d'espèces diverses m'en offriront les matériaux. Ni la disette, ni le froid, ni la pluie ne sont à redouter pour moi.

Dans la soirée, la ligne blanche des côtes se dessina du côté de l'est au-dessus de la mer. Je décidai que je partirais pendant la nuit. Rien ne m'était plus facile, puisqu'on ne me surveillait plus et que je n'inspirais aucuns soupçons. La perspective de faire deux ou trois lieues à la nage n'avait rien d'effrayant pour un Polynésien.

Je réunis et j'empaquetai dans un foulard ma fronde, une petite hache que l'on m'avait donnée pour travailler avec le charpentier du bord, mon chapeau ciré, ma couronne d'or, mon pagne, mon collier et mon *oorah*, auxquels je tenais, parce que c'étaient des souvenirs de mon pays. Je me procurai une corde pour m'attacher ce paquet autour du corps. Je fis ces préparatifs à fond de cale, dans mon ancienne prison, en choisissant les moments où les marins, occupés de leurs repas ou de leurs devoirs, ne songeaient pas à m'observer.

La nuit venue, je mis à profit l'obscurité pour aller chercher mon paquet, que je cachai derrière un ballot, puis je pris tranquillement possession de la place où je couchais d'habitude.

La grande difficulté était d'échapper aux hommes de quart. Le hasard vint à mon aide : à la chute du jour, une brume épaisse couvrit la surface de l'Océan et enveloppa le navire. Elle servait mes desseins, mais elle augmentait les dangers de l'entreprise. Ne pouvais-je m'égarer sur les vagues et y périr après de longs et vains efforts? Mais non : la terre était du côté opposé à celui où j'avais vu disparaître le soleil, j'en étais étais sûr; j'avais, en méditant mon plan d'évasion, tracé sur la mer la ligne que je devais suivre. Et d'ailleurs ne valait-il pas mieux mourir que de rester esclave?

Lorsque tout le monde dormit, à l'exception des hommes de quart, je pris mon paquet, et me glissai furtivement sur le pont. J'allais enjamber le plat-bord, lorsque je me trouvai face à face avec un matelot.

— Tiens, c'est toi, sauvage, me dit-il. Pourquoi n'es-tu pas dans ton hamac?

C'était un de mes professeurs ordinaires, et, pour lui prouver que je commençais à profiter de ses leçons, je répondis :

— Pas envie de dormir.

— A ton aise, mon garçon. Veux-tu fumer une pipe?

— Pas envie de fumer.

— Au fait, arrange-toi comme tu l'entendras, ça m'est égal. Qu'est-ce que tu tiens là?

— Effets à moi, moi mettre en bas pour pas être perdus.

— Laisse-les là, je me charge de les serrer quand j'aurai fini mon quart.

Pour ne pas exciter sa défiance, je fus contraint de déposer mon paquet près de l'affût d'un canon, puis je m'éloignai d'un air indifférent.

Le matelot ne toucha pas à mon paquet, mais il restait toujours du même côté que moi, à tribord du navire.

Un stratagème me vint à l'esprit. Dans la journée, j'avais remarqué à bâbord un rouleau de câbles et des palans de rechange. Je me traînai jusque-là, m'emparai d'une partie du rouleau et le jetai par-dessus le bord.

Le fracas de la chute attira tous les hommes de quart à bâbord. Je me gardai bien de les attendre. Pendant qu'ils cherchaient la cause du bruit qui venait de troubler le silence de la nuit, j'avais ramassé mon paquet; et descendant l'échelle de bord aussi tranquillement que si j'eusse été dans un bain, je commençai ma traversée sous les plus favorables auspices.

CHAPITRE IV.

Entre deux eaux, entre deux feux.

La brise était faible, la mer presque sans rides, et je pus m'écarter rapidement du brick *le Lézard*. Je m'estimai heureux de l'avoir quitté en temps opportun; car bientôt les brouillards du soir se dissipèrent, et la lune, environnée d'un cortége d'étoiles, illumina le firmament. Ses clartés ne me montrèrent point la terre. M'étais-je trompé dans mes conjectures, le large était-il devant moi? Mon anxiété était affreuse. Cependant je continuai à nager dans la même direction.

Je ne tardai pas à être fatigué; le poids de mes habits, celui du paquet que je traînais après moi ralentissaient mes mouvements et paralysaient mes forces. J'eus un moment l'idée d'abandonner mes pacotilles. Mais ma fronde et ma hache étaient de première nécessité; mon collier, ma couronne et mon *oorah*, ainsi que les bracelets que j'avais au bras, avaient une valeur particulière pour un exilé, auquel ils rappelaient sa lointaine patrie...

Tout à coup je sentis que le courant m'entraînait. Était-ce celui de la marée montante ou du reflux? Quel qu'il fût, il avait une puissance irrésistible. Sans essayer de le vaincre, je m'étendis sur le dos, et me laissai emporter comme une épave. La face tournée vers le ciel étoilé, je me disais que c'était le séjour d'un Être suprême qui protégerait ma faiblesse et me déroberait aux poursuites de mes ennemis.

Enfin une vague me poussa violemment contre des galets; ils m'écorchèrent les reins, mais la douleur que j'éprouvai fut amplement compensée par la certitude d'avoir touché terre. Dans mon premier transport, je me dressai de toute ma hauteur; et détirant mes membres, les bras étendus, le corps renversé, je dis avec enthousiasme : — Terre de la liberté, salut!

En ce moment, un homme en habit vert, qui montait la garde sur la côte, me coucha en joue en me criant : — Qui vive?

Sans répondre, je me couchai sur la grève.

Le factionnaire cria de nouveau : — Qui vive? qui vive?

Je restai immobile et muet. Une détonation retentit, une balle tomba dans l'eau, qu'elle fit jaillir à peu de distance de ma tête.

Aussitôt après, je me remis à la nage, cette fois du côté du large, et me dirigeai parallèlement à la côte, afin d'aborder plus loin.

Le factionnaire avait des compagnons qui accoururent, se groupèrent autour de lui et l'interrogèrent avec vivacité. Je l'entendis qui disait :

— Je parie que c'est un de ces gredins qui ont débarqué hier de l'eau-de-vie et du tabac!

Je concevais qu'on n'aimât ni le tabac ni l'eau-de-vie, mais je trouvais assez rigoureux qu'on reçût à coups de fusil ceux qui en apportaient. Je conclus de cette férocité que j'avais affaire à un peuple encore sauvage.

En échappant aux gardes-côtes, j'allais au-devant d'un autre danger. Le bruit cadencé des avirons qui fendaient les vagues m'annonça qu'une embarcation s'était détachée du vaisseau pour me poursuivre.

Je me crus perdu, et ce fut ce qui me sauva. Découragé, épuisé de lassitude, n'opposant plus de résistance au flux qui montait toujours, je fus porté par les lames à l'entrée d'une cavité profonde, où elles me déposèrent en se retirant.

J'ignore ce qui se passa entre les chaloupiers du *Lézard* et les gardes-côtes. Les uns et les autres supposèrent probablement que je m'étais noyé, car ils ne tentèrent pas de me chercher. Craignant toutefois qu'ils n'en eussent l'idée, je me hâtai de m'enfoncer dans la cavité qui semblait m'offrir un asile. C'était une galerie naturelle, de dimensions très-inégales; elle montait en pente douce, et aboutissait à un puits circulaire à ciel découvert. La mer, qui s'engouffrait dans l'excavation, en avait miné la voûte en cet endroit; quand le flux avait atteint sa plus grande hauteur, il battait le fond de la grotte avec tant de force, qu'il s'élançait en jet d'eau au-dessus du niveau du sol supérieur. Le refuge sur lequel je comptais devint en peu de temps inhabitable; à mesure que j'y pénétrais, la marée y pénétrait derrière moi. Et pour éviter d'être submergé, je fus obligé de grimper avec agilité le long des parois, en m'accrochant aux aspérités du rocher, et de sortir plus vite que je n'étais entré.

L'ouverture d'où jaillissait la colonne liquide était au milieu d'une lande inculte, qui avait pour toute végétation quelques touffes d'ajoncs, des bruyères et des tamarisques au feuillage dentelé. J'y cherchai vainement les arbres qui croissent sur les côtes des îles de l'Océanie, les mangliers chargés d'huîtres, les palétuviers tortueux, dont les branches inclinées s'enracinent dès qu'elles ont touché le sol. Autour de moi la plaine me parut nue, stérile et désolée.

Je n'aperçus pas un seul être vivant. Les gardes-côtes n'étaient plus là, seulement la place où ils avaient campé était indiquée par les débris d'un feu. Je jetai un regard de convoitise sur les tisons qui flamboyaient encore par intervalles, que n'aurais-je pas donné pour m'y chauffer à loisir! Je grelottais, j'étais mouillé jusqu'aux os. Presque involontairement, poussé par l'instinct, je me dirigeai vers le foyer. Je m'en approchai avec précaution, rassemblai les charbons en monceau, ranimai la flamme expirante, et une douce chaleur vivifia mes membres engourdis.

En savourant ce plaisir je n'oubliais pas que j'étais environné d'ennemis, et qu'ils pouvaient reparaître d'un moment à l'autre. Ils avaient laissé près du feu une couverture, des assiettes, les reliefs d'un festin, des bouteilles et divers autres objets. Ils ne devaient pas être loin.

De l'endroit où j'étais on descendait aux sables du rivage par un sentier taillé dans le roc. Je fis quelques pas sur cette route escarpée. Grâce aux lueurs du crépuscule et à l'excellence de ma vue, je distinguai à une assez grande distance les gardes-côtes groupés sur le bord de la mer. Je présume qu'ils dissertaient sur les incidents de la nuit, et qu'ils s'attendaient à voir mon cadavre rejeté par les flots.

Je m'aventurai jusqu'au bas du sentier, et j'y entassai précipitamment des galets en quantité suffisante pour former une espèce de barricade. Certain d'être averti du retour de l'escouade par le bruit qu'elle ferait en dérangeant cet obstacle, je retournai auprès du foyer, et dévorai sans cérémonie une partie des provisions qu'ils avaient réservées pour le repas du matin. A défaut d'eau douce, je bus un verre de leur vin. J'aurais pu, en vertu des lois peu scrupuleuses de la guerre, faire main basse sur leurs biens mobiliers; mais, comme tous les insulaires de Namolipiafan-Fananou, et contrairement aux idées des autres Polynésiens, j'avais horreur du larcin. Je me contentai, vu le cas de nécessité absolue, de m'emparer d'un pain, d'une bouteille pleine, d'un couteau et d'un tison enflammé.

Je venais de mettre de côté mon butin, lorsque j'entendis les galets rouler au bas du sentier, et des voix tumultueuses m'annoncèrent l'arrivée des gardes-côtes. Je m'enfuis avec ma prise, aussi heureux qu'un soldat qui pendant le pillage d'une ville s'est approprié un sac rempli d'or. Quand je revins à l'entrée du puits je vis avec joie que la marée perdait, et que déjà la partie supérieure de la galerie souterraine était à sec. Je m'empressai d'y descendre, et à la lueur de mon tison j'explorai les localités.

Çà et là des crevasses, s'ouvrant dens les roches comme des portes, communiquaient à des chambres latérales, les unes peu spacieuses, les autres d'une étendue telle qu'il était impossible de savoir jusqu'où elles se prolongeaient. Je choisis pour domicile une de ces dernières. Correspondant sans doute à un renflement du sol extérieur, elle échappait à l'invasion des flots. L'entrée en était étroite, oblique, presque invisible. Elle avait d'abord assez de largeur, se rétrécissait, s'élargissait de nouveau; puis le sol, la voûte et les deux murs, se rapprochant les uns des autres, réduisaient insensiblement l'espace, jusqu'à ce que la caverne, par une gradation insensible, fût transformée en une fissure impénétrable.

Je transportai dans cet asile des bruyères, des branches d'ajonc et de tamarisque, que je coupai avec le couteau dérobé aux gardes-côtes. Je fis un bûcher, et, à force de souffler sur mon tison, je parvins à enflammer ces rameaux verts. Ils pétillèrent en répandant une fumée si épaisse que je craignis un moment qu'elle m'étouffât ou qu'elle signalât ma présence. Heureusement il y avait dans le rocher tant de fentes profondes, qu'elle s'y divisait en filets.

J'ouvris mon paquet, dont j'étalai le contenu; je me débarrassai de mes habits pour les faire sécher, et, m'étendant sur un lit de branchages, je goûtai un repos que tant de fatigues sur mer et sur terre m'avaient rendu absolument indispensable.

A mon réveil, mon feu ne brillait plus; les ténèbres dont j'étais enveloppé me rappelaient désagréablement celles de la cale du brick *le Lézard*. Pressé de voir la lumière, je m'élançai dans la galerie principale. Les rayons obliques qui pénétraient par l'entrée inférieure, du côté de l'ouest, m'annonçaient que le jour touchait à son déclin.

Pour la seconde fois depuis mon arrivée, le reflux commençait son mouvement rétrograde. Il laissait derrière lui des moules et des coquillages de diverses espèces, des crabes emprisonnés entre les roches, des homards dont la queue écailleuse battait avec bruit les flaques d'eau. J'en pris quelques-uns que je portai sur les cendres encore chaudes de mon foyer, et qui, avec le pain et le vin des gardes-côtes, me composèrent un excellent souper.

Tout en y faisant honneur, je pesais dans mon esprit les avantages et les inconvénients de ma position. La grotte où le hasard m'avait conduit était une demeure commode et sûre, puisqu'il suffisait d'entasser quelques grosses pierres à la porte pour la masquer entièrement, mais on n'y voyait pas clair; et n'en pouvant sortir sans m'exposer aux regards des blancs, il était assez triste de vivre comme un hibou dans une obscurité perpétuelle. La mer promettait de m'apporter dans ma retraite une nourriture abondante; mais où trouver de l'eau douce? où trouver encore du feu pour faire cuire mes aliments? Si je parvenais à en allumer en frottant deux baguettes sèches, suivant la méthode de mes compatriotes, comment l'entretenir sans que la fumée me décelât un jour ou l'autre?

En définitive, la place n'était guère tenable : il fallait la quitter pour aller chercher asile dans quelque forêt, où je pourrais errer en liberté, où de grands arbres m'abriteraient de leur feuillage et me nourriraient de leurs fruits? Pourtant il me semblait que quitter les bords de la mer, c'était m'éloigner davantage de ma patrie. Je ne m'abusais point sur le peu de chances que j'avais d'y retourner, du moins momentanément, mais j'aimais à me persuader qu'en restant sur la côte je trouverais l'occasion de me rembarquer; qu'un heureux hasard y conduirait des navigateurs de ma nation, qui m'emmèneraient avec eux, ou quelques marins d'une race amie, auxquels je donnerais pour prix de mon passage mon collier, ma couronne et mes bracelets d'or.

Pendant que je me livrais à la méditation, des voix argentines retentirent tout à coup sous les voûtes de la galerie principale. Elles psalmodiaient sur un air mélancolique une complainte qui commençait ainsi :

De bon matin Thérèse
Monte sur la falaise
Et sur le grand rocher.
Ce qui sitôt l'éveille,
C'est que Pierre la veille
Est parti pour pêcher.

La mer était mauvaise,
Et la pauvre Thérèse
De sa chambre entendait
Les accords de l'orage,
Le vent qui faisait rage
Et le flot qui grondait.

La tempête est finie;
Sur la vague aplanie
Un beau soleil a lui.
Où Pierre peut-il être?
Je crois le reconnaître...
Hélas! ce n'est pas lui!

Les chanteuses se rapprochèrent, et, de l'angle où j'étais blotti, je les vis défiler, les pieds nus, les jupons retroussés, penchées pour ramasser les hôtes de la mer qui n'avaient pas eu le bon esprit de suivre leur élément natal.

Quant elles furent parties, je retombai dans mes rêveries, et un changement de domicile me parut plus que jamais indispensable; ces femmes avaient des époux, des frères, qui pourraient les accompagner, me surprendre, et me livrer à cette redoutable Académie des sciences dont avait parlé le capitaine du *Lézard*. La fuite était le seul moyen de m'y soustraire. A la vérité, en m'enfonçant dans les terres, je reculais le terme de mon exil, mais au moins j'assurais mon indépendance.

Je me revêtis de mon costume de matelot, en ayant soin de le mettre de manière à ressembler autant que possible à un marin français. Je me coiffai du chapeau ciré, et passai dans ma ceinture d'*émoure-papa* ma hache et ma fronde. Je serrai ma bouteille et mon couteau dans mes poches, et suspendis à mon cou, comme un talisman, mon collier de perles et de corail. Quant à mon *oorah*, à mes bracelets, à ma couronne d'or, je les empaquetai de nouveau dans le morceau de prélart que j'avais emporté du vaisseau. Puis, dès qu'il fut nuit close, prenant sous le bras le reste de mon pain, je me mis à la recherche d'une forêt.

CHAPITRE V.

Voyage d'exploration.

C'était une belle nuit d'été; des milliers d'étoiles scintillaient au firmament, des milliers d'insectes bruissaient sous l'herbe. Au début de mon excursion, rien ne m'arrêta; mais lorsque j'eus fait quelques lieues d'un pas rapide, une foule d'obstacles contrarièrent mon passage. Tantôt c'était une haie, tantôt une muraille de pierres. La contrée que je traversais n'était point ouverte et libre comme mon pays natal. Partout des entraves factices s'ajoutaient à celles qu'opposait naturellement la végétation.

Je finis par tomber sur une grande route que je suivis sans hésitation, las d'errer à travers les champs. Elle traversait un village où j'entrai hardiment, car il était plongé dans le repos. Une seule maison y était ouverte; ceux qui l'occupaient se démenaient autour d'un brasier, et frappaient avec de lourds marteaux sur une barre incandescente.

Au sortir du village, le chemin s'allongeait, poudreux et blanchâtre, entre deux plaines verdoyantes. Les arbres étaient rares et clair-semés. Çà et là miroitaient des marécages d'où partaient des coassements monotones. Par intervalles, des chiens aboyaient dans le lointain.

Je rencontrai quatre ou cinq piétons attardés. Les uns me prirent pour un marin en congé; les autres pour un voleur, peut être même pour le diable en personne. Ils furent étonnés de mon teint cuivré, et de mon singulier accoutrement; aucun d'eux ne se soucia pourtant de demander des explications à un homme de ma taille et de mon encolure herculéenne.

Après avoir descendu une colline, j'étais arrivé à l'entrée d'un grand village, endormi comme le premier, lorsque j'entendis un bruit pareil au mugissement du tonnerre. Au haut de la côte brillèrent deux yeux flamboyants; ils s'ouvraient dans un coffre, à peu près carré, porté sur quatre roues de la même forme que celles des affûts des canons du *Lézard*, mais de plus grande dimension. En avant galopaient quatre animaux gris-pommelé dont je n'avais pas la moindre idée, n'ayant vu dans mon pays d'autres quadrupèdes que des porcs, des chiens et des rats. Les quatre animaux étaient là sans doute pour traîner la pesante machine; mais, poussés par elle en ce moment sur la pente rapide, ils semblaient courir pour éviter d'être écrasés.

Le véhicule passa sous mes yeux comme une trombe, et vint s'arrêter, presque en face de moi, de l'autre côté de la rue. Craignant d'être aperçu, je me tapis immédiatement sous la baie profonde d'une porte à laquelle on montait par quelques marches.

Des cris tumultueux se firent entendre : — Ohé! Cousu-d'Or, amène tes chevaux!... — Hé! l'hôtel de l'Europe, il y a des voyageurs pour vous! — Conducteur, c'est ici que je descends! — Conducteur, où sommes-nous? — Conducteur, voulez-vous ouvrir, s'il vous plaît?

La boîte roulante était remplie de gens qui en sortirent en exprimant par leur pantomime la satisfaction que leur causait leur délivrance. Parmi eux, trois personnes attirèrent spécialement mon attention.

Il me sembla reconnaître dans la première l'ennemi du tabac, le maudit garde-côte qui m'avait salué d'un coup de fusil. Je ne l'avais entrevu qu'une seconde, au clair de la lune; mais j'avais les meilleurs yeux du monde, et je demeurai persuadé que je ne m'abusais pas. Quand il eut mis pied à terre, il se retourna pour tendre la main à une jeune fille qui avait partagé son emprisonnement; mais celle-ci, dédaigneuse comme une reine et légère comme un oiseau, sauta du marchepied sur le sol sans le secours de l'officieux. A sa suite descendit un homme dont l'obésité paralysait les mouvements. Il avait des lunettes, comme le chirurgien du *Lézard;* mais elles étaient soutenues plutôt par ses joues rebondies que par son nez camard et insuffisant. Ses mentons en encorbellement se perdaient dans sa cravate, et ses jambes grêles portaient à peine le poids d'un abdomen proéminent.

Je le regardai à peine, tant sa compagne m'occupait. Elle avait un teint blanc, que la moindre animation colorait, et de petits traits si délicats et si mobiles, que lorsqu'elle parlait ils semblaient se décomposer. Alors sa bouche ondulait comme un pétale de géranium remué par les vents; les contours de sa figure devenaient indécis, vagues, aériens, comme ceux d'une apparition, et l'on aurait dit que ce charmant visage n'était qu'un assemblage passager de roses vapeurs prêtes à s'envoler vers le ciel. Cependant de grands yeux bruns, ombragés de sourcils noirs et soyeux, donnaient parfois un caractère énergique à cette physionomie douce et enfantine. Son corps était beaucoup moins immatériel que sa tête. Sa taille haute, droite et cambrée, son port imposant, ses larges épaules annonçaient une constitution des plus robustes.

Ses cheveux noirs, lissés en bandeau sur le front et ramassés en chignon par derrière, étaient enfermés dans un serre-tête sur lequel était coquettement posé un bonnet terminé en pointe. Il était bordé de deux bandes d'une étoffe découpée à jour, qui s'arrondissaient en demi-cercle gracieux autour de sa figure.

Tandis que j'étais absorbé dans la contemplation de cet être charmant, la porte à laquelle j'étais adossé s'ouvrit, et je tombai à demi sur un individu qui sortait.

L'homme que j'avais failli renverser avait un chapeau à cornes, un habit bleu à lisérés rouges, un baudrier jaune et un grand sabre. Il me toisa de la tête aux pieds. Mes traits étrangers, ma figure bronzée, mes longs cheveux bizarrement retroussés, mon collier, ma ceinture d'*émoure-papa*, ma hache, mon paquet suspendu à une branche de tamarisque ne le prévinrent nullement en ma faveur.

— Que diable faites-vous là, jeune homme? me dit-il. Qui êtes-vous? Demandez-vous quelque chose?

Après un moment d'hésitation, je répondis :

— Non, c'est toi.

— Comment, c'est moi! Que voulez-vous dire, et qui vous a permis de me tutoyer?

— Oui, c'est toi qui me demandes qui je suis. Eh bien, je suis un étranger en voyage.

— Ah! ah! fort bien. Votre passe-port, mon camarade?

Ne sachant ce qu'il voulait me dire, je gardai le silence.

— Allons, répondez-moi! Vos papiers? Avez-vous un passe-port, un livret, une feuille de route?

— Pas comprendre.

— Avez-vous au moins quelque chose qui en tienne lieu, votre carte d'électeur, votre dernière quittance de loyer? dit avec volubilité mon interrogateur, qui semblait débiter une leçon.

De plus en plus interdit, je répétai :

— Pas comprendre.

La surprise qu'excitaient en moi ces questions parut se communiquer à celui qui me les adressait. Après m'avoir considéré quelque temps, il reprit :

— Comment vous appelez-vous?

— Tyana.

— D'où venez-vous?

— Des îles Namolipiafan-Fananou.

— Piomalifan-Fananou!... Dans quel département?

— Pas comprendre.

— Vous êtes en état de vagabondage?

— Pas comprendre.

Pendant ce colloque, les habitants de la boîte roulante s'étaient groupés autour de nous et me contemplaient avec attention. Honteux et embarrassé, je m'assis sur les degrés de la porte; et croisant les bras, je regardai les curieux d'un air sombre.

— Avez-vous jamais vu un être pareil? dit mon interrogateur en se tournant vers eux; il ne conçoit rien à mes demandes, et je ne conçois rien à ses réponses. Il arrive d'un pays dont je n'ai jamais entendu parler.

— Pauvre homme! il paraît bien abattu! dit la jeune fille que j'avais remarquée; et elle tira d'un panier qu'elle portait sous son manteau des vivres qu'elle me présenta, et me glissa dans la main une pièce de deux francs. Je pris le tout en lui lançant un regard de reconnaissance, et, pour mieux lui prouver combien j'étais sensible à l'intérêt qu'elle me témoignait, je goûtai aux mets qui m'étaient offerts.

— Pauvre homme! il avait faim! reprit la jeune fille.

— Il est bien heureux! dit son gros compagnon. Je donnerais bien quelque chose pour avoir toujours de l'appétit.

L'ennemi du tabac, qui se rafraîchissait à l'hôtel de l'Europe, arriva sur ces entrefaites.

— Eh bien! s'écria-t-il, est-ce que nous ne partons pas? Qu'est-ce que nous faisons ici? Qu'avez-vous, mademoiselle Adeline? vous paraissez toute bouleversée.

Elle s'appelait Adeline.

Elle ne répondit pas. Ce fut l'homme au baudrier jaune qui se chargea de donner des explications.

— Attendez donc, gendarme, reprit le garde-côte après l'avoir écouté, je crois pouvoir vous tirer d'embarras. Cet homme que vous voyez là doit être un sauvage.

— Un sauvage! un sauvage! répétèrent les assistants; et les uns se reculèrent avec effroi, tandis que les autres se rapprochaient pour mieux m'examiner. Mademoiselle Adeline fut au nombre de ces derniers.

— Oui, un sauvage. Il a été fait prisonnier dans les îles, je ne sais pas où, après un combat terrible. On l'amenait en France pour le mettre à la disposition du gouvernement, mais le drôle s'est sauvé à la nage. J'étais de garde sur la côte de Saint-Gilles, et je lui ai envoyé une balle, le prenant pour un contrebandier. On le croyait mort, mais bah! ces sauvages ont la vie si dure! Mes camarades et moi nous l'avons cherché pendant plus de deux heures; à notre retour au poste nous avons trouvé tout sens dessus dessous, notre souper mangé, notre vin disparu, et nous soupçonnons fort que c'était lui qui avait osé se régaler à nos dépens.

— Hi! hi! ce n'est pas si maladroit! dit le gros compagnon de mademoiselle Adeline.

— Monsieur, repartit l'homme au baudrier d'un ton solennel, il ne s'agit pas de plaisanter. Prisonnier en rupture de ban, maraudeur, sans domicile ni moyens d'existence, cet individu est ce que nos instructions appellent un vagabond de l'espèce la plus dangereuse. Au nom de la loi, je l'arrête, et vais le conduire en prison. Messieurs, vous savez jusqu'à quel point les sauvages poussent la férocité, celui-ci va nous opposer sans doute une résistance déterminée. Je vous requiers de me prêter main-forte pour effectuer son arrestation!

Dans la suite de ma carrière, j'ai appris à respecter les agents de l'autorité; et je me garderais bien aujourd'hui de ne pas me laisser arrêter, même sans raison; mais, novice et sans expérience alors, j'étais exposé à commettre les fautes inséparables d'un premier début; bien décidé à mourir plutôt que de me rendre, je me relevai fièrement.

Ma qualité de sauvage avait son prestige; elle impliquait des mœurs barbares, un caractère farouche, une impitoyable furie. Quand les blancs me virent debout l'œil en feu, ils restèrent comme pétrifiés. Je produisais sur eux l'espèce de fascination que la bête fauve exerce sur les animaux plus faibles dont elle fait sa proie. Le gendarme lui-même, vieux militaire éprouvé, eut un moment d'hésitation.

Une seconde après, la justice des hommes n'était pas satisfaite.

Avant que l'incertitude générale eût cessé j'avais écarté d'un bras puissant mes plus proches agresseurs, et je m'élançai dans la grande rue du village avec la vitesse de l'éclair.

CHAPITRE VI.

Le champ de blé.

Tout le monde se mit à mes trousses : les cris réitérés de : Arrêtez! arrêtez! réveillèrent des villageois, dont quelques-uns vinrent, à moitié nus, se joindre à mes persécuteurs; mais j'aurais défié à la course le plus agile des Européens, et je fus promptement hors d'atteinte. Pour plus de sécurité, je quittai la grande route, et pris un chemin de traverse beaucoup moins praticable, mais bordé de hauts buissons qui m'offraient une cachette au besoin. Je marchai toute la nuit et ne m'arrêtai qu'une seule fois pour boire l'eau d'un ruisseau et pour remplir ma bouteille, que j'avais eu le bonheur de conserver.

Dès que l'aurore empourpra l'horizon, je m'occupai de chercher un gîte pour y passer ma nuit; car j'étais condamné, jusqu'à nouvel ordre, à consacrer au repos les heures de lumière. J'avisai une pièce de terre où croissaient des herbes jaunes renflées à leur cime et hérissées de barbes aiguës. Ce devait être du blé, dont m'avaient parlé les naufragés du bâtiment baleinier; et par lequel les Européens s'efforcent de remplacer, autant que possible, l'arbre à pain, dont ils ont le malheur d'être privés.

En entrant dans le champ j'en fis partir un gros oiseau, qui, prenant lourdement son essor, alla s'abattre à quelques pas plus loin. J'armai ma fronde, et le pesant volatile tomba. Je le ramassai en me félicitant de n'avoir rien perdu de mon ancienne adresse et d'avoir une preuve matérielle du parti que je pouvais en tirer.

N'ayant pas faim, grâce aux libéralités de mademoiselle Adeline, je ne songeai qu'à me faire un lit entre deux sillons, et j'y goûtai un sommeil plus doux que celui que j'ai trouvé depuis sur les matelas les plus moelleux.

Un tumulte confus m'arracha au repos. On causait, on remuait, on froissait les herbes à peu de distance de moi, et, de temps en temps, j'entendais comme le grincement d'une scie. En levant la tête avec précaution, j'entrevis des hommes d'une physionomie sinistre, hâves, demi-nus, presque aussi basanés que moi et couverts imparfaitement de sales guenilles. Chacun d'eux tenait à la main un sabre de fer emmanché au bout d'un long bâton. Effrayé, je m'étendis à plat ventre et me tins immobile, évitant de respirer trop haut, la face tournée contre terre, de peur de rencontrer les regards de ces hommes, dont je suspectais les intentions.

Mes angoisses ne cessèrent qu'avec le bruit. Je me hasardai à promener les yeux autour de moi. Les paysans avaient disparu après avoir abattu et lié en gerbes la moitié des tiges de blé. Leurs opérations s'étaient arrêtées à quelques pas de mon gîte, qu'ils auraient infailliblement découvert si le soir n'était venu interrompre leurs travaux.

Je rendis grâce de mon salut au grand dieu des treize îles, Tangaloa-Lagi, puis je sortis de ma retraite. Au pied du talus que couronnait la haie du champ les moissonneurs avaient allumé un feu, qui, par malheur, était mort. Non loin de là je découvris une boîte, qu'ils avaient oubliée, et que je mis dans ma poche, me proposant d'en examiner le contenu quand je serais dans un lieu moins fréquenté.

Sur le bord de la route que je suivis en quittant le champ de blé, s'ouvrait un trou d'où l'on semblait avoir extrait des pierres ou du sable. Ce fut là que j'établis ma cuisine. Je plumai mon gros oiseau; je le suspendis avec ma corde au-dessus d'un faisceau de branches et de feuilles sèches, et me disposai à l'allumer suivant la méthode polynésienne.

Par un mouvement naturel de curiosité, j'avais, chemin faisant, ouvert ma boîte; et j'avais été désappointé en n'y trouvant que de minces baguettes de bois blanc terminées par de petites boules d'un bleu foncé. Comme elles avaient l'air d'être très-sèches, j'eus l'idée de les utiliser du moins pour obtenir du feu. O surprise! dès le premier frottement, les deux boules bleues s'enflammèrent en crépitant; je renouvelai l'expérience, une troisième, une quatrième baguette s'allumèrent. J'en conclus que le mélange bleu qui garnissait les extrémités était une sorte de poudre à canon, dont le moindre choc développait la force explosible, et je fus confondu de la puissance magique des blancs. Depuis que je me suis livré à l'étude avec l'ardeur d'un homme qui désire rattraper le temps perdu bien des merveilles m'ont été révélées, mais les plus magnifiques découvertes de l'esprit humain n'ont pas excité en moi l'admiration naïve que me causèrent les premières allumettes chimiques qui tombèrent entre mes mains. Fier d'avoir du feu dans ma poche, je me comparais à Mesua le dieu des éclairs.

Rappelé au sentiment de la faiblesse humaine par les contractions de mon estomac, je complétai bien vite les apprêts de mon repas, et fis non moins promptement disparaître l'oiseau rôti par mes soins.

Je repris ensuite mon voyage en quête d'une forêt, et je le continuai pendant plusieurs jours sans accident notable. Plus j'avançais, plus j'étais désenchanté. Les plages ne m'avaient offert ni tortues, ni tripans, ni mangliers, ni palétuviers. Je cherchais vainement dans l'intérieur les arbres ombreux qui produisent le coco, la banane, la goyave, l'orange; ils ne me semblaient pas avantageusement remplacés par les noyers, les pommiers, les châtaigniers, les ronces et les pruniers sauvages. Je trouvais aussi quelques mécomptes relativement au climat. Le ciel était souvent assombri, la pluie tombait par torrents, et n'étant pas, comme dans ma patrie, immédiatement pompée par un soleil équatorial, elle imbibait les chemins, qu'elle rendait presque impraticables.

L'ignorance où j'étais de toutes choses m'exposait à des surprises et à des erreurs fréquentes. La première fois que j'aperçus des bœufs dans un pré, je fus saisi d'une véritable épouvante. Ces bêtes énormes, avec leurs grands yeux et leurs cornes menaçantes, devaient, suivant mon hypothèse, avoir une férocité proportionnée à leur développement physique. Je fus stupéfait d'en voir deux le même jour attelées à une voiture, et se laissant conduire avec résignation par un jeune bouvier. La voiture contenait du foin : nouveau sujet d'étonnement! Que pouvait-on faire de tant d'herbe desséchée? Est-ce que les gens du pays en mangeaient? Je ne devinais pas que les bœufs transportaient cette provision pour les chevaux.

CHAPITRE VII.

La Cabane.

Au bout d'environ une semaine de marche pénible, pendant laquelle j'avais vécu tant bien que mal du produit de ma chasse, j'arrivai enfin dans une vaste forêt. Des plantations de chênes, de sapins, d'ormes, de frênes, de bouleaux, de hêtres, etc., entremêlés d'épaisses broussailles, couvraient toute la superficie d'un sol accidenté. Dans la partie basse serpentait une rivière que je jugeai profonde à la teinte noirâtre de ses eaux.

Le site me séduisit, et, décidé à m'y fixer, je me mis immédiatement en besogne la hache à la main. Dans la face à pic d'un rocher schisteux j'enfonçai une longue branche, dont j'attachai l'autre bout avec des liens d'écorce à un chêne qui croissait vis-à-vis. Dix pas plus loin, une autre branche fut disposée de même entre un second chêne et le rocher. Les deux arbres furent réunis par une troisième branche transversale; en plantant des piquets le long de ces branches, qui se joignaient à angles droits, j'enfermai un espace carré d'assez raisonnable étendue. Autour des piquets j'entrelaçai des tiges de fougère, de genêt, de troëne, de viorne et de chèvrefeuille, des baguettes d'aulne et de coudrier, et j'obtins ainsi quatre murailles provisoirement suffisantes, dont je me proposais de boucher soigneusement les interstices si le temps devenait plus froid. Je ne ménageai aucune porte, pour plus de sûreté. Dans la toiture que je fis avec des perches, sur lesquelles je jetai des écorces de platane, des feuillages et des pierres plates, je réservai une ouverture par où je pouvais sortir et rentrer en me cramponnant à quelques aspérités du rocher.

Elle ne me répondit qu'en versant de nouvelles larmes.

L'idée de cet arrangement me fut suggérée par les souvenirs de ma captivité à bord du brick *le Lézard;* et en tressant des rameaux pour clore l'ouverture, j'essayai de donner à leur assemblage la forme d'un panneau d'écoutille.

Dans la crainte d'un incendie qui aurait pu se communiquer au bois après avoir consumé ma chaumière, je creusai mon foyer au pied de la roche, qui était friable et se détachait par lames sous le tranchant de la hache.

L'édification de mon logement me coûta beaucoup de temps et d'efforts. Je ne la suspendais que pour aller à la chasse dans les environs, où non-seulement abondaient les oiseaux, mais où vivaient encore des lièvres et quelques lapins. J'étudiai les mœurs de ces quadrupèdes, qui m'étaient totalement inconnus; je remarquai qu'ils passaient la journée, les premiers dans un gîte, les seconds sous la terre; qu'ils sortaient vers la brune, et qu'ils s'enfuyaient au moindre bruit. En me plaçant patiemment à l'affût en divers endroits qu'ils fréquentaient, je parvins à en tuer quelques-uns avec ma fronde; et après m'être régalé de leur chair, je mis de côté leurs fourrures pour m'en vêtir en cas de nécessité. Elles m'étaient provisoirement inutiles, car les chaleurs de l'été se prolongeaient, et la sécheresse avait succédé au temps pluvieux.

J'étais si tranquille et si libre, que je commencais à regretter moins les îles Namolipiafan-Fananou, leurs berceaux de gardénia, leurs arbres à pain, leurs sandals et leurs manguiers. Je songeais moins à ma patrie, à mon père Akoubea, qui avait espéré trouver en moi un digne successeur, à ma mère Eoua-Térée, qui me pleurait sans doute comme mort, à mon ami Niouniou, qui avait exposé sa vie pour me prévenir du danger. Depuis mon installation dans la forêt, je n'avais pas daigné jeter un regard sur mes vêtements nationaux. Emballés dans leur toile grossière, ils étaient négligemment jetés au milieu des feuilles qui jonchaient le sol de ma hutte.

Le ciel allait me punir de mon indifférence et de mon ingratitude. Un matin, au retour d'une longue excursion, en suivant un sentier qui menait à ma demeure, j'aperçus tout à coup des pas d'homme sur le sable! Cette vue me glaça d'horreur; ma solitude était donc troublée, mon domicile peut-être envahi! Le cœur palpitant d'inquiétude, je m'acheminai vers mon habitation.

La roche perpendiculaire à laquelle elle s'adossait était à l'extrémité d'un monticule. Je le gravis avec précaution; entendant un bruit de voix, je me couchai à terre, m'approchai en rampant, et me glissai sous un buisson d'où je pouvais tout voir et tout entendre. Hélas! ma cabane était dévastée! Les pieux de la clôture avaient été violemment arrachés. Au milieu des ruines de l'édifice, il y avait trois personnes dont une était la belle Adeline. Je crois que, sans sa présence, je me serais rué avec fureur sur les deux individus qui venaient d'accomplir l'œuvre de subversion.

Le premier était son compagnon de voyage, l'homme aux lunettes et au triple menton. Loin d'avoir l'attitude hautaine d'un dévastateur triomphant, il trépignait, et portait la main à sa tête pour s'arracher les cheveux, tout comme s'il en avait eu. La jeune fille s'efforçait en vain de l'apaiser.

— Est-il possible, s'écriait-il, est-il Dieu possible qu'il existe de pareils scélérats!

— Allons, disait Adeline d'un air un peu narquois, allons, papa, calmez-vous. Vous, qui tenez tant aux bonnes digestions, songez que vous venez de déjeuner.

L'autre personnage me parut être une variété de l'espèce gendarme, car il avait un chapeau à cornes, un sabre et un baudrier. A ses pieds gisaient mes peaux de lièvre et de lapin. Plus calme que le père d'Adeline, il tenait à la main un petit livre et prenait des notes avec un crayon.

— Ma foi! dit-il, il y a longtemps que je n'ai eu l'occasion de faire un procès-verbal; mais celui-ci comptera. Que de délits à constater, monsieur Mauginard!

Je m'enfuis avec ma prise.

— Ça vous servira à grand'chose! dit M. Mauginard avec un soupir.

— J'aurai toujours prouvé mon zèle; et puis ne savez-vous pas que l'ordonnance du 17 juillet 1816 alloue aux gendarmes, gardes champêtres ou gardes forestiers une gratification de cinq francs par contravention ou délit constaté?

— Il y en a donc beaucoup? demanda la jeune fille.

— Des centaines, mademoiselle, tous prévus par les articles 146 et suivants du Code forestier, par l'ordonnance de 1769, et par la loi du 3 mai 1844: établissement d'une maison sur perches, loges ou baraques à moins d'un kilomètre des bois et forêts; usage d'une hache dans les bois; entretien d'un feu dans l'intérieur d'un bois; chasse sans port d'armes sur le terrain d'autrui, avant l'ouverture, en temps prohibé!... Le criminel aura à subir je ne sais combien de mois de prison, et à payer plus de mille francs d'amende, sans compter les dommages et intérêts que peut lui réclamer monsieur votre père.

— Eh! que voulez-vous que j'obtienne de ce sauvage? s'écria douloureusement M. Mauginard; car, comme le prouve ce paquet que je reconnais parfaitement, l'homme qui m'a saccagé mon bois n'est autre que l'infâme sauvage qui m'a jeté par terre à Challans. Oh! le monstre!...

— Il avait pourtant l'air bien doux, dit mademoiselle Adeline; il avait tout à fait bonne mine avec son joli collier de perles et de corail...

Je le lui aurais volontiers jeté pour la remercier de prendre ma défense.

— Comme je te reconnais là! Tu ne cesses de me dire du mal de ton prétendu Rabachon, le meilleur des hommes, et tu me dis du bien d'un bandit!

Par un geste brusque, Adeline releva le fusil.

— C'est que l'un me déplaît parce qu'il me persécute, et que l'autre m'inspire de la compassion parce qu'il est persécuté.

— Oses-tu bien comparer Rabachon, l'honneur du corps des douaniers, l'effroi des fraudeurs, l'héritier d'un de mes plus anciens amis, avec un barbare qui s'est battu contre nos matelots, qui a culbuté un gendarme, et qui dévaste nos propriétés?

— Est-ce sa faute s'il ne connaît pas nos lois? Qu'on le recueille, qu'on l'instruise, qu'on lui donne de l'éducation!

— Tu veux que je me fasse éleveur de sauvages! voilà de tes belles idées romanesques! Je les ai trop encouragées en te laissant lire toutes sortes d'ouvrages, en t'abandonnant à toutes tes fantaisies. Il faudra bien te corriger quand tu seras madame Rabachon.

— Je ne la serai point, répondit Adeline d'un ton ferme.

Et ses traits délicats prirent en se contractant une expression d'énergie.

— Nous verrons, nous verrons, dit M. Mauginard, ne me parle point de ça, car tu me donnerais une attaque. Je suis ton père, de là je conclus que tu es ma fille et que tu dois m'obéir.

— Chut, interrompit le garde forestier cessant d'écrire le brouillon de son procès-verbal.

— Qu'avez-vous, monsieur Félix?

— Chut,... répéta le garde.

Et il agita deux fois la main droite pour recommander le silence. Il avait les yeux fixés de mon côté, je devinai qu'il m'avait entendu remuer.

— Monsieur Mauginard, murmura-t-il sans perdre de vue le buisson qui me cachait, passez-moi mon fusil.

Je n'avais pas à hésiter. Pendant que le gros homme prenait le fusil déposé contre un arbre et le tendait au garde, je me levai et lui dis d'un ton de reproche :

— Moi pas méchant, pourquoi vouloir me tuer?

— Adeline poussa un léger cri, et son père, au comble de l'effroi, se plaça derrière le garde.

— Rends-toi, brigand, me cria celui-ci, rends-toi, ou je fais feu!...

— Au nom du ciel, ne lui faites pas de mal! dit la bienveillante Adeline.

— Les femmes n'ont rien à voir dans ces affaires-là, reprit le garde. Vous voyez bien qu'il parle français, et qu'il est capable de me répondre... Encore une fois, sauvage, tu appartiens à la justice, comme prévenu des délits prévus par les articles 146 et suivants du Code forestier, et par les articles 1, 9, 11, 12 et 13 de la loi du 3 mai 1844. Rends-toi, ou il t'arrivera malheur!

— Jamais être esclave des blancs! répondis-je avec fierté.

— Réfléchis bien; tu ne peux m'échapper, car je te mettrais assez de grains de plomb dans les jambes pour t'empêcher de courir.

Je répliquai : — Moi pas vouloir être présenté à l'Académie des sciences, pas vouloir être enfermé dans les prisons des blancs; aimer la lumière, les bois, la liberté!

— Mon devoir l'ordonne, dit le garde.

Et il m'ajusta; mais, par un geste brusque, Adeline releva le fusil, et les deux coups partirent en l'air.

— Bonne blanche, m'écriai-je, tu étais digne de naître à Namolipiafan-Fananou!... Que Tangaloa-Lagi te récompense, et reçois ce présent en mémoire de moi!

Je lui jetai mon collier de perles et de corail, puis je disparus à travers les taillis.

CHAPITRE VIII.

Découverte.

Après une longue course, je m'arrêtai au bord d'une rivière qui coulait entre deux hautes berges. Elles étaient escarpées, hérissées de broussailles, couronnées par des massifs de grands arbres, et sur celle de droite s'élevaient les tours démantelées d'un ancien château inhabité.

En écartant les broussailles, je distinguai la baie d'une porte.

J'étais las, au moral et au physique; de sombres pensées m'assiégeaient.

— Que devenir, me dis-je, traqué comme un chien hargneux, menacé de la prison ou de la mort, sans asile, dans une contrée dont les habitants m'ont déclaré la guerre? Ils m'ont ravi mes bracelets et ma couronne d'or, sur lesquels je comptais pour payer un jour le prix de mon passage. Je suis à jamais banni de ma patrie, et la terre étrangère me repousse. Ne vaut-il pas mieux quitter ce monde?

J'écartai cette idée; mais elle revenait toujours.

— A quoi bon prolonger mon existence proscrite? Quand l'arbre est trop mutilé par l'orage, on le coupe et de ses débris consumés s'exhale une flamme éclatante et pure. Vivre seul, sans amis, toujours inquiet, toujours poursuivi, disputant aux blancs un coin du territoire qu'ils se sont partagé, ce n'est pas vivre! Ne vaut-il pas mieux rejoindre mon grand-père Namourik dans l'île inconnue, où les compagnes de Tuli, la fille du grand dieu, servent aux guerriers un festin éternel? Mon corps pourrira dans le moraï des blancs, mais, du moins, ô mon père Akoubea! ô ma mère Eoua-Térée! mon esprit, dégagé d'entraves, s'envolera parfois vers vous. Il s'arrêtera sous votre verandah de bambous, que les tamariniers ombragent, et que tapissent les passiflores. Il murmurera de douces paroles à tes oreilles, ô ma mère! quand tu seras endormie dans ton hamac de vaquois. Il te caressera le front quand tu fouiras la terre pour y planter la patate ou l'igname ailée. Il t'inspirera dans les conseils, ô mon père le tamet! quand tu présideras l'assemblée des rupaks à l'ombre du grand latanier. Il te guidera dans tes combats contre les noirs de Tagaï et les anthropophages des îles Piguiram... Depuis que je t'ai quitté, depuis que des barbares m'ont enlevé au sol natal, je n'ai connu que la douleur! Seule, vision céleste! une femme a jeté un rayon de lumière dans les ténèbres de ma vie, mais c'est la fille d'un de mes ennemis, et son souvenir, qui me harcèle, n'est qu'un tourment de plus pour moi. Allons, que la mort m'affranchisse!...

Mon parti était pris. Exalté, saisi d'une sorte de vertige, j'ôtai mes habits pour ne point mourir avec le costume des blancs. Avec ma ceinture, je m'attachai aux pieds une grosse pierre et me précipitai dans la rivière.

La pierre m'entraîna au fond, mais l'instinct de la conservation l'emporta dès que je me sentis suffoqué; en me débattant avec énergie, je dégageai mes pieds, revins à la surface, et me cramponnai convulsivement à un arbuste qui trempait ses longues branches dans les eaux.

Après avoir repris haleine, rafraîchi par la température de la rivière, désabusé du suicide, je ne pensai qu'à mettre pied à terre. Derrière les branches que j'avais déplacées en m'y suspendant, il me sembla entrevoir une ouverture pareille à celle d'une caverne. En effet, en écartant les broussailles, je distinguai la baie d'une porte! Elle était en pierres de taille, donnait accès dans un couloir voûté long d'une dizaine de pas, et aboutissait à un escalier en hélice.

Où menait-il, ce fut ce que je résolus d'explorer.

C'était de l'autre bord que je m'étais jeté à l'eau. J'y retournai d'abord pour y reprendre mes habits, ma bouteille, mon chapeau ciré, ma fronde, ma boîte d'allumettes, trésors que j'avais dédaignés et qui me redevenaient précieux. Je fis à la hâte, avec des morceaux de bois, un radeau, sur lequel j'embarquai ma cargaison; et l'ayant poussé devant moi d'une rive à l'autre, je l'entreposai dans le couloir voûté.

Ce couloir pouvait me servir de refuge. La berge au bas de laquelle il était pratiqué n'avait pas moins de cent pieds de hauteur; presque aussi perpendiculaire qu'un mur, couverte de mousse, d'arbrisseaux, de plantes grimpantes, elle n'offrait point de sentiers praticables. Pour arriver à la porte, masquée d'ailleurs par des osiers, des marseaux, des églantiers et autres arbrisseaux, il fallait de toute nécessité traverser la rivière; et pour arriver à la rivière, du côté opposé, il fallait descendre un versant à peu près semblable à celui de la rive droite. Un sauvage tel que moi, leste et adroit, était seul capable de parcourir impunément cette pente irrégulière, sur laquelle un Européen aurait maintes fois perdu l'équilibre.

Un asile m'était donc assuré; mais il était probable que MM. Mauginard et Félix allaient organiser contre moi une grande expédition, et que je serais forcé de me cacher pendant quelque temps. Dans la prévision d'un blocus, je songeai à approvisionner la place.

Je consolidai mon radeau, repassai la rivière, et me mis en chasse. J'abattis avec ma fronde deux merles, trois verdiers et deux vanneaux qui voletaient entre les joncs. Je cueillis encore quelques racines de carotte sauvage et des épis de panis à panache. Je cassai des branches de sapin et de mélèze destinées à mon éclairage, et je ramassai à terre plusieurs fagots de branches sèches.

Je dois répéter encore que les animaux, oiseaux, arbres et plantes, dont j'indique ou dont j'indiquerai les noms, m'étaient parfaitement inconnus à l'époque de ma vie solitaire. Ce n'est que plus tard que j'ai consacré mes loisirs à l'étude de la zoologie et de la botanique. J'ai mieux aimé faire profiter mes lecteurs de mes connaissances ultérieures que d'embrouiller mon récit par des périphrases de mauvais goût, ou de l'allonger par des définitions diffuses et peu compréhensibles. Qu'il soit bien entendu, une fois pour toutes, que je me sers, pour narrer mes aventures, des ressources d'une instruction subséquente. Je ressemble à un homme qui, ayant appris la musique, se complaît à noter des airs qu'il avait retenus autrefois sans être à même de les écrire.

Quand j'eus remisé mes vivres sous la voûte, je plongeai pour repêcher ma ceinture, que je parvins à débarrasser de la pierre qui avait failli m'être si fatale, puis, allumant une torche de mélèze, je commençai l'examen des localités.

Obligé de conquérir, pour ainsi dire, chaque marche de l'escalier, d'en enlever les pierres et les gravois, de me garer des serpents dont je troublais la longue sécurité et qui se sauvaient en sifflant, d'esquiver les coups d'aile des chauves-souris effarées, j'eus besoin de tout mon courage et de toutes mes forces pour ne pas renoncer à l'entreprise. Je la continuai toutefois, sans l'interrompre autremen que par un repas apprêté et mangé à la hâte. Je la poursuivis jusqu'au soir, et je ne l'abandonnai que lorsque j'y fus contraint par l'excès de la fatigue.

Le lendemain, après déjeuner, je repris avec ardeur mes travaux de déblai. On aurait pu croire que les décombres se multipliaient à mesure que j'en emportais pour les jeter dans la rivière. Ce ne fut que vers le déclin du jour qu'arrivé en haut de l'escalier, je débouchai dans une vaste salle carrée.

Trois étroites fenêtres l'éclairaient; mais le jour passait à travers un treillage dont les mailles étaient des feuilles de lierre ou de volubilis. La voûte était dégradée; on y distinguait pourtant quatre nervures sculptées, qui se rejoignaient à la clef autour d'un écusson chargé d'emblèmes héraldiques. Dans l'angle opposé à celui par lequel j'étais entré commençait un escalier conduisant aux étages supérieurs et non moins obstrué en apparence que celui que je venais de parcourir. Le mur d'en face était occupé dans un tiers de sa longueur par une imposante cheminée. Deux pilastres en soutenaient le manteau, décoré de diverses figures.

Jamais je n'avais rêvé une aussi belle demeure, aussi m'empressai-je d'en prendre possession en y transportant mes bagages, mes provisions et mon feu, après avoir eu soin de boucher les fenêtres avec des branches d'arbre.

CHAPITRE IX.

Le Ménage du dernier Robinson.

Je ne veux point fatiguer mes lecteurs des détails minutieux de mon installation, qui dura plus de soixante jours. Je sauterai donc par-dessus cet espace de temps pour décrire ma demeure dans son état le plus florissant.

J'avais, après des peines inouïes, déblayé le second escalier. Il avait son issue au milieu des ruines du château dont les vieilles tours avaient attiré mon attention dès le premier jour de mon arrivée. Quand je l'eus rendu praticable, j'eus soin de diriger les jets des ronces et des arbrisseaux qui croissaient à l'entrée, de manière à le dissimuler complétement. Des précautions analogues furent prises à la poterne qui donnait sur la rivière.

Quoique peu au fait des mœurs des anciens *rupaks* de France, il me fut facile de deviner que les constructions dont je contemplais les débris avaient été conçues dans un but militaire. Les deux escaliers facilitaient les sorties secrètes, et mettaient la garnison à même de renouveler sa provision d'eau. La salle que j'occupais avait dû être un corps de garde; le *rupak* y venait parfois sans doute pour tenir conseil ou pour observer l'ennemi, car des clous plantés dans les murs, et auxquels pendaient çà et là des lambeaux de tapisserie, indiquaient qu'elle avait été assez somptueusement ornée pour recevoir un personnage de distinction.

Maintenant elle me servait à la fois de chambre à coucher, de cuisine, de salle à manger, d'atelier, de grenier et de magasin.

D'un côté de la cheminée, j'avais amoncelé des pierres dont la masse cubique me tenait lieu de table. C'était là que j'étalais des mets dont la nomenclature augmentait tous les jours. Peu difficile sur le choix des aliments, je mangeais à peu près tout ce que je tuais. Faute de rôtis de lapins ou de lièvres, je me contentais d'écureuils, de hérissons, voire même de mulots. Je ne connais guère que la fouine, le putois et la belette dont la chair soit décidément abominable. Celle du rat d'eau, type de l'espèce des campagnols, a un goût exquis.

Si je ne croyais pas prudent de m'aventurer au loin pour chasser la perdrix, la caille ou la grive; si je ne trouvais sur les bords de la rivière ni râles, ni canards, ni poules d'eau, j'abattais à coups de fronde des ramiers, des moineaux, des bruants, des geais, parfois aussi des pies et des corbeaux. Quant aux émouchets, aux chouettes et aux hiboux, ils ne valent absolument rien.

On a des préjugés contre les serpents: la vipère, brune ou rouge, m'a toujours inspiré une répugnance instinctive; mais la couleuvre à collier, reptile inoffensif, qu'on peut prendre avec la main, est excellente à manger grillée sur les charbons. Depuis que je suis un homme civilisé, j'en ai fait accommoder à la tartare, et je la préfère à l'anguille.

La pêche accrut mes ressources. En transportant un faisceau d'herbes pour les employer comme combustibles, je laissai tomber dans l'eau plusieurs tiges d'une plante herbacée qu'on nomme la blattaire. Ses graines enivrèrent des poissons qui vinrent tout pâmés à la surface de l'eau, et dont je m'emparai sans peine. M'apercevant encore que la lumière attirait le poisson, j'aiguisai un clou et je le fixai solidement au bout d'un bâton avec une peau de couleuvre. De temps en temps je me levais la nuit, promenais sur la rivière une torche enflammée, et harponnais les carpes, tanches ou barbillons qui se présentaient. Je sais aujourd'hui que ces pratiques sont sérieusement défendues par le code de la pêche fluviale; et j'approuve fort qu'on les ait prohibées, car elles tendent à dépeupler les rivières et les étangs.

J'avais peu de légumes; les racines de carottes et de panais sauvages, cuites sous la cendre, sont fades et médiocrement nutritives

En revanche, mon dessert était abondant. Je savourais tour à tour les baies noirâtres de l'airelle, l'amande huileuse de la faîne, la châtaigne, la macre ou châtaigne d'eau, la noisette, la fraise et la framboise, la cornouille, les fruits rouges de l'aubépine, ceux même du rosier églantier, qui, débarrassés de leur duvet, étaient mangeables au bout de quelques jours. Les prunelles et les baies d'épine-vinette, broyées et macérées dans l'eau, me fournirent une boisson rafraîchissante.

Entre ma table et le mur était ma batterie de cuisine. Après avoir fabriqué avec de l'argile des vases de différentes formes, j'avais fait sécher les uns au soleil, et soumis les autres à la cuisson. Cette poterie était grossière, mais elle me suffisait.

De l'autre côté de la cheminée, sur un second bloc de pierre, était ma garde-robe, qui avait subi quelques modifications depuis que le froid s'était fait sentir. Mes habits de matelot, mon unique chemise et mon unique paire de bas, dont il me fallait souvent me dépouiller pour les laver, menaçaient de tomber en lambeaux. Je réunis indistinctement les fourrures des quadrupèdes que j'avais tués, lièvres ou putois, lapins ou fouines, campagnols ou écureuils, et les mis deux par deux, l'une sur l'autre, le poil en dehors. Je les perçai sur les bords avec un clou, et les attachai ensemble soit avec des morceaux de vieille tapisserie, soit avec des peaux de couleuvre. En cousant ainsi ces fourrures les unes aux autres, à force de patience et de travail, j'obtins une espèce de pardessus à manches et quelque chose d'analogue à un pantalon. C'était bien l'accoutrement le plus grotesque qu'on pût imaginer; mais peu m'importait, j'avais chaud. D'ailleurs je ne voyais personne.

Mon lit était au pied de ma table de toilette, au fond de la salle. Il se composait d'herbes sèches, fétuques, amourettes, brizes, luzernes et autres graminées, le tout garni d'une bonne couverture de peaux. Pendant la nuit, je plaçais sur une pierre, à mon chevet, ma hache, ma fronde, mon harpon, mon couteau et ma boîte d'allumettes, qui n'était pas encore vide, car j'avais bien soin d'entretenir mon feu.

Au bas de l'escalier qui menait au château, j'avais établi mon bûcher. C'était là aussi que couchait le compagnon et la compagne de ma solitude, car j'avais l'un et l'autre.

Un matin, à la pointe du jour, ayant aperçu un animal qui entrait dans un terrier, j'avais fendu le sol à coups de hache, et trouvé un blaireau femelle avec trois petits. Je tuai toute la famille à l'exception d'un petit, que j'emportai. Il avait de chaque côté de la tête une belle bande d'un beau noir qui lui passait sur l'oreille et sur l'œil. Je lui présentai des fruits, de la viande, du poisson; il dévorait tout avec avidité. Il se familiarisa bientôt, et me suivait comme un chien, en marchant avec un dandinement qui n'était pas sans grâce. Je lui donnai le nom de *Naraoti* (la bête aux bandes noires), et il venait à moi quand je l'appelais.

Ma compagne était une pie. En secouant un peuplier, je l'avais jetée, toute jeune encore, à bas du nid maternel. Son sort toucha mon cœur; son plumage noir et blanc séduisit mes yeux. Je recueillis l'orpheline, qui s'éleva bien, car elle n'était pas moins omnivore que mon blaireau. Elle vécut en bonne intelligence avec lui; je l'habituai même à souffrir qu'elle lui montât sur le dos et qu'elle lui caressât le sommet du crâne avec son long bec noir. Quand elle fut grande, je lui laissai la volée. Elle passait dehors une partie du jour, et rentrait régulièrement le soir. Je l'appelais *aio-lab-napi* (l'oiseau noir et blanc).

Pour compléter le tableau de mon habitation, il me reste à parler du rez-de-chaussée. C'était là que je chamoisais mes peaux, que j'écaillais le poisson, que je plumais et vidais le gibier, que je faisais tous les travaux grossiers qui auraient pu salir mon principal appartement. C'était encore là que je serrais le radeau avec lequel je traversais la rivière, et qui était fait simplement de perches unies ensemble par des liens d'osier.

On me demandera peut-être comment je n'étais inquiété ni dans ma retraite ni dans mes excursions.

On le comprendra aisément.

Le château avait été détruit, probablement pendant la guerre, par un incendie, dont les pans de murs portaient encore des traces. L'escalier souterrain avait dû être immédiatement obstrué, et personne ne s'était soucié de se frayer un passage à travers les ruines. La superstition, comme je l'ai su plus tard, en éloignait les paysans, qui les croyaient hantées par des spectres.

A la place où s'ouvrait la poterne, la rivière était presque inaccessible, d'une profondeur trop irrégulière pour être navigable. Les arbustes qui croissaient sur les berges n'avaient aucune valeur, dans une contrée où le bois abondait. Personne ne pouvait donc être tenté de venir rôder aux environs de la poterne voûtée, et, même en la cherchant, il n'aurait pas été facile de la découvrir.

Quand je sortais, c'était toujours de grand matin ou à la brune. Au moindre bruit, je prenais la fuite et m'enfonçais dans les fourrés. J'évitais les chemins trop frayés; il m'arrivait pourtant de rencontrer des hommes, mais, du plus loin qu'ils me voyaient, avec mon costume de pelleteries, ma hache au côté et ma fronde à la main, ils me tournaient les talons.

J'eus bientôt l'explication de leur terreur.

Un matin, au détour d'un sentier, je me trouvai face à face avec un vieillard assis sur un talus de gazon. A mon aspect, il se leva et tenta de s'enfuir; mais ses jambes grêles et tremblantes lui refusèrent le service. Mon père Akoubea et ma mère Eoua-Térée m'avaient inculqué le respect de l'âge. N'ayant rien à redouter de ce pauvre homme, et plein de compassion pour sa faiblesse, je courus à lui, et le soutins dans mes bras.

Il avait l'air plus effrayé qu'auparavant, et me dit d'une voix suppliante : — Monsieur le sauvage, ne me tuez pas !

— Qu'as-tu? lui demandai-je. Reprends ta place, et repose-toi avant de te remettre en route.

Il s'assit machinalement, mais il n'était point rassuré.

— Est-ce que je te fais peur? lui dis-je.

— Vous n'avez pas l'air mauvais tout de même; mais on raconte tant de choses sur vous, monsieur le sauvage !

Il y avait si longtemps que je n'avais échangé des paroles avec un homme, que j'éprouvais un vif plaisir à entendre la voix chevrotante de ce vieillard. La tranquillité d'esprit dont je jouissais depuis trois mois avait ranimé mes facultés. Les leçons de français que j'avais reçues dans mon enfance, et à bord du brick *le Lézard*, étaient plus qu'autrefois présentes à ma mémoire. Les idées et les expressions me venaient abondamment.

— Homme chauve, dis-je au vieillard, que Tinitini Lamamamau, le dieu des tourbillons, m'emporte sur ses ailes de poussière si j'ai la moindre intention de te nuire ! Explique-toi sans crainte, et rapporte-moi ce qu'on t'a dit sur mon compte.

— On assure que vous avez voulu massacrer M. Mauginard, le propriétaire de la terre de la Perrière, et M. Félix, le garde forestier.

— C'est faux, ami, complétement faux.

— Ne vous fâchez pas si je vous dis ça; mais on prétend que vous avez égorgé des marins français, battu des douaniers, abîmé un gendarme; que vous avez commis et commettez toutes sortes de vols et pillages; en somme, que vous répandez la terreur dans nos contrées si longtemps paisibles. C'était dans le journal d'avant-hier que j'ai entendu lire au cabaret du père Thomas, et il y avait même à la fin : « La justice informe. »

— Mon ami, je ne sais pas ce que c'est que le journal; mais je puis t'assurer qu'il me calomnie. Je suis un homme pacifique, dont le seul crime est de ne pas vouloir aller en prison.

— Je vous crois, monsieur le sauvage; vous avez une bonne figure, quoique vous ayez une drôle de toilette.

— Elle vaut bien la tienne, ce me semble; tes haillons te couvrent à peine; ton pantalon rapiécé est d'une étoffe trop légère pour la saison; ton chapeau est troué. Pourquoi ne t'habilles-tu pas plus chaudement ?

— Hélas ! je ne demanderais pas mieux, mais je n'en ai pas le moyen.

— Tu as donc été un paresseux pendant ta jeunesse ?

— Non, monsieur le sauvage, j'ai travaillé toute ma vie.

— Eh bien ! ce travail ne t'a-t-il rien rapporté ?

— J'ai eu du malheur; je cultivais le domaine de Badiole, qui appartient aussi à M. Mauginard. Ça a bien marché d'abord; mais il est survenu des années de grande abondance, et j'ai été ruiné à tel point que je vis de la charité publique.

Cette allégation me confondit, et je me récriai.

— Oui, monsieur le sauvage, j'ai été ruiné parce que le blé était à si bas prix qu'on ne gagnait pas de quoi payer son fermage.

— Qu'est-ce que c'est qu'un fermage ?

— C'est l'argent qu'en vertu de mon bail j'avais à donner tous les ans à M. Mauginard.

— Comment? ce gros homme cultivait donc la terre avec toi ?

— Oh ! non; M. Mauginard n'a jamais rien fait.

Le mécanisme social, qui me paraît si clair et si admirable aujourd'hui, était pour moi une énigme. Les mots de fermage et de bail étaient inintelligibles pour un indigène de Namolipiafan-Fananou. Moi, qui ai maintenant des fermiers et qui passe des baux avec eux, je ne concevais guère qu'on possédât sans travailler ou qu'on travaillât sans posséder, et que les uns fussent si gras, tandis que les autres étaient si maigres. Les rapports compliqués qui naissent d'une civilisation avancée étaient au-dessus de mon intelligence. Désespérant de débrouiller le chaos de mes pensées, je changeai de conversation.

— Ce Mauginard n'a-t-il pas une fille ?

— Oui, monsieur le sauvage. Il veut lui faire épouser M. Rabachon, douanier à la Barre-de-Mont; c'est un mariage arrêté entre les deux pères, qui sont riches tous deux, et dont les propriétés se touchent; mais il paraît que mademoiselle Adeline ne veut pas, qu'elle résiste, qu'elle pleure, qu'elle en est comme folle. Elle ne peut pas souffrir son prétendu.

— Pauvre fille ! dis-je en soupirant.

— Allez ! elle n'est pas à plaindre; c'est celle-là qui aura des rentes !

Je ne relevai pas cette observation, qui était encore incompréhensible pour moi; je rêvais à la douleur d'Adeline et aux persécutions dont elle était l'objet. Me voyant taciturne, le vieillard, auquel j'inspirais toujours une certaine méfiance, mit fin à une entrevue qu'il subissait à contre-cœur.

— Adieu, monsieur le sauvage, me dit-il, je vais à Fontenay, où on m'a fait espérer que je pourrais entrer à l'hospice.

Puis, répétant machinalement une phrase habituelle, il ajouta :

— Vous n'auriez pas un sou pour m'acheter du tabac ?

Je pensai à la pièce de quarante sous qu'Adeline m'avait donnée et que j'avais dans la poche de ma veste de matelot. J'hésitais à me séparer de ce trésor ; mais la jeune fille me l'avait offert par humanité, dans l'espoir qu'il me serait utile. N'était-ce pas remplir ses intentions que de le remettre à un vieillard qui en avait plus besoin que moi ?

Je tendis au mendiant la pièce de quarante sous.

— Ah ! monsieur, s'écria-t-il en reculant, c'est beaucoup trop ! jamais bourgeois ne m'a tant donné.

— Garde toujours, mon ami ; et si quelqu'un s'avise de trouver que c'est trop, tu lui diras que c'est un sauvage qui t'a fait l'aumône.

CHAPITRE X.

Le Combat.

L'hiver vint ; pour la première fois, je vis la neige blanchir le sol, les arbres dénudés se festonner de givre, et la surface des eaux se solidifier. Quoique l'ennemi des Français, je ne pus m'empêcher de plaindre ces pauvres gens, qui n'avaient ni arbre à pain, ni goyavier, ni cocotier, et dont le soleil détournait sa face pendant une grande partie de sa carrière.

La couche de glace qui couvrait la rivière fut bientôt assez épaisse pour me soutenir. J'y marchai d'abord timidement, puis avec assurance. J'y pratiquai un trou, où je n'avais qu'à présenter une torche pendant la nuit pour avoir sous la main du poisson.

Mes souliers étant usés, je me confectionnai des bottines en fourrures, à semelles de bois. Comme elles laissaient sur la neige des traces compromettantes, je me résignai à sortir le moins possible, me contentant pour nourriture du produit de ma pêche, de racines bouillies, et du gibier d'eau que je tuais dans mes promenades sur la glace. La plupart du temps, je restais chez moi, occupé à méditer, à mettre en ordre mon ménage, à jouer avec ma pie et mon blaireau, mes deux seuls amis, ou à regarder par la fenêtre si les beaux jours revenaient.

J'étais un jour absorbé dans la contemplation de la berge opposée, lorsqu'à travers les tiges noires des arbres qui la dominaient il me sembla entrevoir une femme. L'apparition passa et repassa à plusieurs reprises ; elle errait sans but, au hasard ; tantôt elle s'avançait lentement, la tête basse, dans une attitude rêveuse ; tantôt elle hâtait le pas, et remuait les bras avec véhémence.

Malgré la rigueur du froid, elle portait une robe aussi blanche que la neige qu'elle foulait aux pieds.

Elle tourna la tête de mon côté, c'était Adeline ; je reconnus ses traits contractés, mais toujours délicats, et je vis à son cou mon collier de perles et de corail.

Que faisait-elle là ? pourquoi rôdait-elle seule dans les bois ? Il y avait dans ses yeux quelque chose de si hagard, que je me rappelai involontairement les mots du mendiant : « Elle est comme folle. »

Pendant que je suivais son mouvement avec anxiété, j'aperçus par hasard à cent pas d'elle, derrière des broussailles, un animal qui l'épiait avec des yeux flamboyants. Il avait la taille d'un chien, mais l'allure moins franche, le museau plus allongé, la queue plus droite, les membres plus fortement accusés. Des stries de blanc, de fauve et de noir se confondaient sur ses poils hérissés. Il ne paraissait pas disposé à attaquer immédiatement la jeune fille ; il prenait son temps et attendait une occasion.

Je me souvins qu'en voyant les chiens de l'île d'Ikop les hôtes de mon grand-père Namourik m'avaient dit qu'il existait chez eux des animaux de forme analogue, qu'on appelait des loups, mais que, loin d'être en état de domesticité, ces bêtes carnassières vivaient solitaires au fond des bois, en sortaient pour enlever les moutons, et se jetaient même sur les hommes quand elles étaient pressées par la faim.

L'animal que j'avais devant moi devait être un loup.

Je saisis ma hache, descendis précipitamment, passai la rivière, et gravis le versant escarpé.

Quand j'arrivai, le loup avait quitté son poste et tournait autour de la jeune fille. Le délire évident qui régnait dans ses idées ne l'avait pas empêchée de comprendre l'imminence du danger. Elle tenait les yeux fixés sur l'animal comme pour le fasciner. S'il changeait de place, elle en changeait aussi, en le regardant toujours en face. Parfois elle le menaçait du geste, et, lui parlant comme à un chien, elle grossissait sa voix pour crier : — Veux-tu bien t'en aller, vilaine bête ?

— Du courage ! lui dis-je en achevant mon escalade ; du courage, mademoiselle Adeline ! je vais à ton secours !

Elle courut à moi. Dès que le loup ne vit plus les yeux qui le tenaient en respect, il fit un bond ; mais mon arme lui sillonna la poitrine. Il recula en hurlant ; puis s'élança avec une nouvelle fureur. Ses griffes s'enfoncèrent dans mon épaule gauche ; ses mâchoires garnies de dents acérées s'ouvrirent près de mon visage, et je sentis sur mes joues l'effrayante chaleur de son haleine.

Jetant mon arme, je le saisis à la gorge. J'étais d'une force peu commune, même parmi les Polynésiens, et à plus forte raison parmi les blancs. Mon étreinte énergique aurait suffi pour étouffer le loup ; mais, pendant que mes doigts lui entraient dans les chairs, ma compagne n'était pas inactive, elle avait ramassé la hache et l'en frappait à coups redoublés.

Il tomba. Epuisée par les émotions et les effets de cette lutte terrible, la jeune fille tomba sans connaissance sur le corps de l'animal encore pantelant.

Que faire ? Je ne pouvais l'abandonner, la laisser exposée à de nouveaux dangers peut-être, étendue sur la terre glacée. Je la pris dans mes bras, et, la chargeant sur mon épaule droite, je descendis la berge avec précaution. Grâce à la connaissance que j'avais des moindres accidents du terrain, à la prudente lenteur que je mis dans tous mes mouvements, je parvins en bas sans encombre ; mais là se présentait une autre difficulté : la glace était-elle assez forte pour porter notre double poids ? J'appuyait le pied dessus, elle ne craqua point ; et j'avançai, après m'être recommandé au grand Dieu. Le passage s'effectua heureusement, et peu d'instants après je déposais mademoiselle Adeline sur ma couche d'herbes sèches et de fourrures.

Les griffes du loup avaient traversé mes vêtements, déchiré mon épaule gauche ; mon sang coulait ; mais je ne m'en inquiétais pas ; je ne songeais qu'à faire cesser l'évanouissement de la jeune fille. J'aurais pu la croire morte, si elle n'eût été agitée de soubresauts convulsifs. Je ne savais comment y remédier ; j'ignorais même ces procédés vulgaires qui consistent à frapper dans les mains de la personne en syncope, à lui jeter de l'eau au front, et à lui brûler sous le nez des plumes ou autres substances qui sentent très-mauvais. Agenouillé devant elle, je me contentais de prier le grand Dieu ; et je crois que cela valait tout autant.

Enfin elle ouvrit les yeux, se souleva, et s'arc-boutant sur un bras, elle regarda ma chambre de haut en bas. Elle paraissait étonnée d'y être, et trouvait l'ameublement étrange.

— Eh bien ! lui dis-je, comment te portes-tu, mademoiselle ?

Elle me sourit affectueusement ; mais son visage prit une expression de vive inquiétude quand elle eut vu le sang ruisseler sur mon bras. Elle se leva avec précipitation, chercha de l'eau, y trempa un mouchoir, et se mit à laver mes plaies ; ensuite déchirant le bas de sa jupe, elle en fit un bandage et le leur appliqua.

— Maintenant, sauvage, me dit-elle, tu vas te coucher là et rester tranquille. Quoique peu habile en médecine, je vois que tu as la fièvre. J'ai des explications à te donner, à te demander ; mais il faut que tu te reposes.

Je sentais en effet un grand désordre dans mon organisation. Docile comme un enfant malade, je consentis à m'étendre sur mon lit. Mes artères battaient avec violence ; un feu intérieur me consumait, et pourtant j'étais anéanti. Sans avoir envie de dormir, j'éprouvais un insurmontable besoin de somnolence. J'avais du feu dans les veines, la circulation de mon sang était activée ; mais la surexcitation qui aurait dû redoubler mes forces me les ôtait entièrement.

J'étais entre le sommeil et la veille, le corps endolori, l'esprit troublé par l'association bizarre d'une foule d'images incohérentes. Je me voyais, la couronne d'or en tête, assis sur un siége de bambou dans l'île d'Ikop, capitale des treize îles Namolipiafan-Fananou. Adeline était à mes côtés, et les rupaks, mon oncle Corouou tout le premier, la saluaient comme leur souveraine. Puis un gros oiseau se montrait dans les airs, avec des ailes de chauve-souris. Des pierres, des flèches, des *tomerengs* lui étaient lancés, mais il fondait sur nous ; et quand il était près, je reconnaissais le capitaine du *Lézard* en grand uniforme. Il empoignait Adeline et moi par les cheveux, et nous enlevait dans l'espace. En route, il me laissait tomber sur un rocher qui se trouvait être la tête du père Mauginard. Le vieillard éperdu prenait sa tête entre ses mains pour en examiner les fêlures, et tâcher de la raccommoder ; mais un coup de vent la lui enlevait. Après mille péripéties singulières, dans lesquelles la plupart des gens de connaissance jouaient un rôle fantastique, je me retrouvais auprès d'Adeline au sommet de la plus haute tour du vieux château, et autour de nous le gendarme, le douanier, le loup, M. Mauginard, le mendiant, mon blaireau, ma pie, le garde forestier exécutaient ensemble une farandole infernale.

Il y eut un moment où mes hallucinations prirent un caractère terrible, et où j'essayai de me lever pour m'y soustraire ; mais ma prostration était complète. J'appelai Adeline, je la cherchai des yeux. Elle n'était plus là.

— Mademoiselle Adeline, m'écriai-je, m'as-tu donc abandonné ? Es-tu capable de me laisser mourir sans secours, toi le seul être qui m'ait témoigné quelque sympathie quand j'ai risqué mes jours pour toi ? Es-tu d'intelligence avec mes ennemis ? veux-tu profiter de mon accablement pour me livrer à l'Académie des sciences ?

Mes paroles résonnèrent sous la voûte, mais personne n'y répondit.

— Mademoiselle Adeline, répétai-je, m'as-tu donc abandonné ?

— Non, dit une douce voix ; patience ! me voici.

CHAPITRE XI.

Explications.

La jeune fille entra par l'escalier qui communiquait avec le château. Elle avait changé de costume et portait une robe noire avec un grand châle de couleur foncée, sous lequel éclatait, dans l'ombre, mon collier de perles et de corail. Ses mains tenaient une lanterne sourde et un paquet volumineux.

Elle l'ouvrit, après m'avoir contemplé un moment, pour juger de mon état. Il y avait dans ce paquet du linge, du pain, un pot de beurre, du sucre, des herbes médicinales, des ustensiles de ménage. Où avait-elle pris tout cela?

Avec une grâce qui aurait embelli des occupations plus vulgaires encore, elle rangea le long du mur ce qu'elle avait apporté, me prépara une tisane, m'en fit boire une tasse, et renouvela l'appareil de mes blessures. Jusqu'au matin, assise sur des ramées, elle me veilla avec un zèle infatigable. De temps en temps je la contemplais avec une admiration qui aurait embarrassé une femme moins loyale et moins naïve. Mes regards ardents et fixes ne la troublaient point. Quoiqu'elle fût de mon âge, peut-être même d'un an plus jeune, elle prenait avec moi le ton d'une mère qui exige de l'obéissance en échange de son dévouement, et qui compte autant sur de la soumission que sur de la tendresse. Parce que j'étais sauvage, étranger aux habitudes et aux sciences des Français, parce que je n'avais pas de barbe au menton, elle me traitait en enfant.

Il me semblait bien pourtant que j'étais un homme.

Six jours s'écoulèrent ainsi; ma fièvre cessa; mes blessures se cicatrisèrent; je revins à la santé.

— Mademoiselle Adeline, dis-je à ma bienfaitrice, c'est à ton tour de dormir, c'est à mon tour de veiller sur toi. Ta figure, qui avait la teinte de l'églantine, est comme la fleur du magnolia, tes yeux s'éteignent; repose-toi. Peut-être n'est-il pas d'usage que les jeunes filles de France se couchent en présence des jeunes gens. Veux-tu que je m'en aille? Ma maison est à toi comme moi-même.

— Ne t'en va pas encore, Tyana, repartit Adeline, j'ai à te parler. Mais d'abord je tiens à te bien connaître, à savoir jusqu'à quel point tu mérites ma confiance. Conte-moi tes aventures, et ne me déguise point la vérité.

Je lui dis en abrégé toute mon existence.

— Pauvre enfant! dit-elle, tu es à plaindre, mais moins que moi. L'étrangeté même de ta position te vaudra des protecteurs, et ceux qui devraient être les miens, excepté mon oncle, sont contre moi. On te pardonnera d'être en lutte avec des lois que tu ne connais pas; mais moi, fille d'un riche propriétaire campagnard, élevée avec soin dans un pensionnat de la ville, façonnée à toutes les convenances, éclairée sur tous mes devoirs, je serai impitoyablement condamnée.

Mon père voulait et veut encore sans doute me marier à un homme qui m'est odieux. Je le déteste, Tyana, non parce qu'il est laid, je ne tiens pas à la beauté, mais parce qu'il est vicieux. Il a séduit mon père par ses défauts : c'est en buvant avec lui, dans des festins prolongés, je pourrais dire dans des orgies, qu'ils ont arrêté les bases de ce mariage. Rabachon ne m'a recherchée que pour ma fortune; et l'on mettrait un sac d'or à ma place, qu'il accepterait sans peine la substitution.

Samedi dernier était le jour fixé pour mes noces. On m'avait apporté ma toilette et contrainte à l'essayer. Dès que j'en fus revêtue, il me sembla que j'étais déjà la femme de Rabachon. Ma tête s'exalta; l'agitation dans laquelle je vivais depuis plusieurs mois avait ébranlé mon intelligence, et ce fut dans un accès de délire que je m'enfuis de la maison paternelle.

Ma chambre est au rez-de-chaussée sur le jardin. Je crois me rappeler que, me sentant menacée d'une crise nerveuse, je sortis pour respirer le grand air. Au bout du jardin est une porte qui donne sur les bois. Je l'ouvris, et, sans trop me rendre compte de ce que je faisais, je courus au hasard, insensible au froid, prenant plaisir à faire craquer la neige sous mes pas, tantôt en pleurs, tantôt remplie d'une inexplicable joie. La vue du loup, en réveillant en moi le sentiment de la conservation, mit un terme brusque au désordre de mon cerveau. Je compris le danger que je courais, puis celui que tu affrontais pour moi. Les secousses assez violentes pour ôter la raison la rendent sans doute à ceux qui ne l'ont plus. En revenant à la vie, j'avais recouvré ma présence d'esprit.

Occupée de panser ta blessure, comme c'était mon devoir, Tyana, puisque tu souffrais pour moi, je n'eus pas le temps d'abord de réfléchir à ma situation. Dès que tu fus assoupi, j'interrogeai ma conscience. J'avais agi sous l'empire d'un transport dont je n'étais ni maîtresse ni par conséquent responsable; mais, à présent que j'étais de sang-froid, pouvais-je m'absenter plus longtemps sans manquer à l'honneur, à la piété filiale? Ne devais-je pas retourner chez mon père, calmer ses angoisses, me résigner à ses volontés?

Un grand bruit m'attira vers la fenêtre. Les conviés de la noce cherchaient leur mariée, malgré la neige qui tombait. Si mon père s'était montré à leur tête, je serais allée me jeter dans ses bras; mais il a beaucoup vieilli depuis son veuvage, il craint les maladies, les rhumes, l'apoplexie surtout, et il était resté chez lui. Mon prétendu conduisait la bande qui s'était mise à ma poursuite. Je résolus de ne point paraître... et puis tu avais besoin de moi.

Ils trouvèrent le loup, presque caché déjà sous une couche de neige, et l'emportèrent triomphalement. Le douanier, qui est un fanfaron, se vantera peut-être un jour de l'avoir tué.

Voici maintenant ce que j'ai décidé. Cette salle est logeable, quoique bien mal meublée. J'ai découvert qu'elle communiquait avec les ruines de l'ancien château de la Perrière. Si tu étais sorti souvent de ce côté, tu aurais vu, sur la lisière du bois, le mur de notre jardin. J'ai la clef de la petite porte. J'ai pu le soir, sans être aperçue, me glisser jusqu'à ma chambre, et y prendre du linge, des provisions, qui étaient absolument indispensables. J'ai aussi apporté de quoi écrire.

Tu vas me céder ton habitation pendant quelques jours. Tu y consens, n'est-ce pas?

— Je ferai tout ce qui te plaira, répondis-je; et si tu me disais de mourir, je mourrais.

— Je n'en demande pas tant, mon cher enfant; mais je compte que tu voudras bien être mon hôte et mon messager.

Pendant ce discours, dont j'avais saisi le sens général sans en comprendre tous les mots, j'étais resté en contemplation devant ma belle compagne. J'avais du plaisir non-seulement à l'entendre, mais encore à la voir parler. Sa bouche découvrait, en s'entr'ouvrant, des dents plus blanches, plus lisses, plus brillantes que les gouttes de la rosée; un mélodieux murmure s'en échappait comme une source du milieu des fleurs. Ses sentiments se reflétaient tour à tour sur le clair miroir de sa figure; elle devinait qu'elle gagnait à se révéler, et qu'un aimable abandon mettait en relief la droiture de ses intentions. Sa pantomime expressive entraînait. Telle était la puissante manifestation de cette âme d'élite, qu'on en subissait involontairement l'influence. Sa tristesse et sa gaieté étaient également irrésistibles. Il fallait se réjouir ou s'affliger avec elle. Quelles que fussent les impressions que trahissaient les mouvements de ses muscles, l'éclair de ses yeux, les nuances mobiles de ses joues, elles trouvaient un fidèle écho. Il y avait une communication directe, immédiate, électrique, du fond de son âme à son visage et de son visage au cœur de celui qui l'écoutait.

Elle se mit à écrire, et je la regardai faire avec une curiosité qui eût été bien indiscrète si j'avais su lire les caractères que sa main traçait. Loin de se formaliser, elle sourit, et ce sourire était comme l'étincelle d'un foyer intérieur de bienveillance et d'affection.

— Voilà qui est terminé, dit-elle en pliant ces papiers. Cette lettre, Tyana, est destinée à rassurer mon père, à lui demander pardon. Dans cette autre, je sollicite l'intercession de mon oncle maternel, auquel j'ai déjà écrit deux fois. Je suis sa favorite, il plaidera ma cause, j'en suis sûre. Ce billet est pour une personne de ta connaissance, le père Aristide.

— Je ne sais pas qui c'est.

— Il a raconté qu'il t'avait vu, qu'il t'avait parlé, que tu avais l'air d'un loup-garou, mais que tu n'étais pourtant point méchant, et que tu lui avais donné quarante sous.

— Ah! oui, c'est un homme chauve, qui a travaillé dans sa jeunesse, et qui demande l'aumône dans ses vieux jours.

— Il ne la demande plus. Il n'avait pu entrer à l'hospice, faute de protections. Comme c'est un brave et honnête homme, j'ai déterminé mon père, qui était en partie l'auteur de sa ruine, à lui avancer une petite somme et à lui laisser la jouissance d'une chaumière située sur la route de Sainte-Hermine. C'est là que tu iras le trouver. Remets-lui ces trois lettres, il saura ce qu'il a à faire.

J'ai l'intention de te charger d'autres commissions; mais ton habit de fourrures te fait remarquer, il faut que tu en changes, afin de pouvoir circuler librement. Heureusement que j'ai des économies, et je te prie d'accepter un costume de ma main. Tu vois, pour cette dépense et diverses autres, je mets cent francs dans ma lettre au père Aristide.

J'écarquillai les yeux, mais je ne vis rien qu'un chiffon de papier sale et déchiré.

— Tu me dis, mademoiselle, que tu mets cent francs dans une lettre : où sont-ils?

— Les voici, répondit Adeline en me présentant le papier sale.

— Comment! avec cela on peut acheter un habit?

— Sans doute.

— En étoffe?

— Assurément.

— Et si on avait beaucoup de ces papiers sales, on pourrait acheter beaucoup d'habits?

— Bien plus, on pourrait acheter tous les domaines de mon père et les bois qui nous environnent.

— Ah!... je veux bien le croire, mademoiselle, puisque tu me le dis, mais je ne m'en serais jamais douté. Mais je t'ai interrompue : achève de me donner tes ordres.

— Tu connais le sentier où tu m'as sauvé la vie. Tu le suivras à gauche jusqu'au bout; il te mènera droit à la chaumière du père Aristide. Tu y coucheras cette nuit, et tu viendra me voir demain matin.

— Je veux bien porter les trois lettres à l'homme chauve, mademoiselle, mais je ne veux pas te laisser seule ici. Tu n'aurais qu'à être encore attaquée par un loup, ou surprise par le douanier; il faut que je sois là pour te défendre. En bas, au pied de l'escalier, il y a une place où je serai à merveille, enveloppé dans mes fourrures, et à la moindre alerte tu auras, du moins, quelqu'un pour te protéger...

Je prononçai ces paroles avec une animation qui la toucha.

— C'est bien, c'est bien, répliqua-t-elle d'une voix émue, j'ai assez de courage pour rester seule dans cette retraite; mais je pense que je te contrarierais en refusant tes offres de service. Tu feras comme tu l'entendras. Pars! reviens quand bon te semblera, et monte ici demain matin.

Elle me tendit une main, sur laquelle je me crus permis de déposer un baiser; puis, honteux et troublé comme si j'eusse commis une mauvaise action, je sortis précipitamment.

CHAPITRE XII.

L'Arrestation.

Un temps affreux favorisa mon excursion. La neige tombait en si grande abondance, et la bise soufflait avec tant de force, que j'avais peu de rencontres à redouter. Quel voyageur se serait aventuré dans les bois par une bourrasque pareille, aux approches de la nuit? Environ une heure après mon départ, je frappais à la porte de la cabane du père Aristide.

Il m'ouvrit sans hésitation, en homme qui ne craint pas les voleurs.

— Tiens, c'est vous, monsieur le sauvage! me dit-il, par quel hasard?...

— Père Aristide, je suis chargé de te remettre ces trois papiers.

— De la part de qui?

— Tu vas le voir.

— Asseyez-vous donc : j'achevais de souper, et, Dieu merci! je suis à même de vous offrir une tranche de lard avec un verre de vin. Mangez, buvez, et pendant ce temps je vais examiner ce dont il s'agit.

J'acceptai de grand cœur l'invitation. Depuis que j'avais quitté *le Lézard* et dîné aux dépens des douaniers, c'était la première fois que je trouvais l'occasion de boire dans un verre, de me servir d'une cuiller et d'une fourchette; et sans tenir essentiellement à ces superfluités, je leur reconnaissais certains avantages.

Le vieillard lisait ou plutôt épelait difficilement. Il parvint, toutefois, à déchiffrer l'adresse des trois lettres, et ouvrit celle qui lui était destinée.

— Un billet de banque! s'écria-t-il après l'avoir décachetée : qu'est-ce que cela signifie?... Comment! c'est de mademoiselle Mauginard, que son père et son prétendu cherchent partout! Vous savez donc où elle est?

— Peu t'importe! Regarde ce qu'il y a sur le papier.

— Au fait, ce ne sont pas mes affaires, et cette brave demoiselle a été assez bonne à mon égard pour que je lui obéisse sans demander d'explications. Elle me le recommande même : « N'interrogez pas le sauvage; ne cherchez pas à savoir où je suis. » Voilà qui est entendu. Ah! elle me charge d'acheter des provisions, et un habillement complet pour vous. « Puisque tout le monde sait que vous avez reçu une avance, on ne s'étonnera pas de voir de l'argent en votre possession. » C'est fort bien. Je vois à peu près ce qui convient à votre taille. Demain, à la pique du jour, je vais à Fontenay; à huit heures vos hardes seront ici, et les deux lettres mises à la poste. Dites-le à mademoiselle Adeline.

— Adieu donc, père Aristide, je reviendrai demain.

— Mais il y a dans la lettre un passage qui me dit de vous donner à coucher.

— Merci, j'aime mieux m'en retourner chez moi.

— Prenez garde à vous, monsieur le sauvage, ne vous promenez pas tant. On est à votre recherche, et à celle de mademoiselle Mauginard : MM. Rabachon et Félix ont juré de vous prendre, et toute la gendarmerie est sur pied.

— Notre retraite est sûre, père Aristide; on ne la découvrira pas. Mademoiselle Adeline se tient cachée, et quant à moi, j'ai des jambes qui défient celles des blancs.

Cependant les nouvelles que me donnait le vieillard augmentèrent le désir que j'avais de rester dans mon asile. J'y courus; peut-être était-il arrivé quelque malheur en mon absence? quoiqu'Adeline m'eût ajourné au lendemain, j'osai gravir doucement l'escalier; il y avait de la lumière dans la salle, où je l'entendis aller et venir. Que ne m'était-il permis de la voir, de lui dire que je veillais sur elle! Mais, non, je tenais à suivre strictement ses instructions.

Maintes fois pourtant, dans le courant de la nuit, je quittai le couloir voûté où je m'étais installé sur une couche de pelleteries, et montai l'escalier d'un pas furtif. Je tremblais de me laisser voir, d'offenser mon amie en m'approchant; je m'arrêtais avant de franchir les dernières marches, pour écouter longtemps le bruit de sa respiration paisible, et je redescendais... le cœur rempli d'une émotion qui ressemblait à de l'extase.

Aux premiers feux du jour, me croyant autorisé à me présenter, je montai deux marches de plus. Adeline dormait toujours.

— Laissons-la, me dis-je, se dédommager de ses veilles; allons chez le père Aristide, et revenons me montrer à elle avec mon bel habit neuf!

Je franchis rapidement la distance qui séparait les ruines de la chaumière du vieux fermier. Il n'était pas encore de retour; mais je n'eus point longtemps à l'attendre. J'étais depuis quelques minutes seulement en embuscade derrière la maison, lorsque j'aperçus le père Aristide qui revenait appuyé sur un bâton et suivi d'un enfant dont les épaules pliaient sous le poids d'un ballot. Ils entrèrent; bientôt après l'enfant s'éloigna, et je me présentai.

— Bonjour, me dit le père Aristide; à ce que je vois, vous êtes impatient de changer de toilette. Je vais vous donner ce qu'il vous faut; mais attendez que je mette les verrous! Vous êtes bien exposé, monsieur le sauvage, on va vous traquer comme un loup, je vous en préviens; et si vous devez être pris, je ne veux pas au moins que ce malheur arrive chez moi.

Après avoir fermé sa porte à double tour, il m'aida à me débarrasser de mes fourrures et de la vieille défroque de matelot qui était par-dessous. Par les ordres de la bienfaisante Adeline, il avait acheté pour moi une garde-robe complète.

— Si l'on frappe à ma porte, reprit-il tout en me servant de valet de chambre, vous monterez au grenier par cette échelle, vous fermerez doucement la trappe; et si je suis forcé d'ouvrir aux gens qui viendront, dès qu'ils seront entrés vous sauterez par la lucarne qui donne du côté bu bois.

Je m'assurai d'un coup d'œil que ce plan était praticable, et terminai ma toilette. Un chapeau à larges bords cachait ce que l'arrangement de mes cheveux avait de caractéristique; le col de ma chemise blanche se rabattait sur une cravate rouge; mon gilet rayé, ma veste ronde et mon pantalon de drap allaient bien à ma taille; des boucles d'argent brillaient sur mes souliers neufs : j'avais l'air d'un paysan, mais, sans vanité, j'étais moins laid.

— Je ne suis plus sauvage! m'écriai-je avec transport en repoussant dans un coin mes vieilles nippes.

— Vous êtes un beau gars tout de même, me dit le père Aristide. Hé! hé! je parie que vous plairiez mieux à mademoiselle Mauginard que le douanier, quoiqu'il ait des espérances de fortune et d'avancement. Maintenant que vous voilà vêtu comme un chrétien, je vous conseille de vous en aller. J'ai mis dans un grand panier le reste de votre linge et tout ce que mademoiselle Adeline m'a demandé. Prenez-le, et mettez-vous en route dès que nous aurons bu un coup.

Il m'offrit un verre de vin, et s'en versait un, quand on frappa à la porte. Il fut tellement saisi, que la bouteille lui tomba des mains et se brisa sur le plancher. A peine eut-il la force de me désigner du doigt le grenier.

Avec le sang-froid que donne la résolution, je vidai mon verre, serrai la main du vieillard, pris mon panier et montai à l'échelle. Quand je fus en haut, je laissai doucement tomber la trappe, et j'écoutai.

On frappa de nouveau.

— Qui va là? dit enfin le vieillard.

— Ouvrez donc, père Aristide, ouvrez donc, nous sommes morfondus! dit une voix que je crus reconnaître pour celle de M. Félix.

— Je suis à vous; c'est que je me suis levé de trop bonne heure, et que, ma foi! j'allais me recoucher... Messieurs, je vous salue bien.

J'entendis la porte grincer sur ses gonds et les pas de plusieurs hommes retentir au-dessous de moi.

— Allumez-nous du feu, vieux père, dit un de ces individus, nous entrons chez vous pour nous réchauffer, car voilà deux heures que nous courons les champs, et sans rien trouver, sacrebleu!

— Que cherchiez-vous donc, brigadier? demanda le père Aristide avec une feinte bonhomie.

— Eh! ce misérable sauvage! qu'on nous signale toujours, et que nous ne voyons jamais! On l'accuse d'avoir enlevé mademoiselle Adeline; comme elle est revenue chez elle prendre ses effets, à preuve qu'elle y a laissé sa robe de noces, il paraîtrait qu'elle veut faire ménage avec ce braconnier!... Mais, est-ce que vous vous mêlez aussi de braconnage, père Aristide, qu'est-ce que c'est que ce tas de peaux de lapins?...

La conversation prenait une tournure qui ne me permettait pas d'en attendre impunément la fin. Je sautai légèrement du haut de la lucarne, et pris ma course à travers les bois.

Comme la multiplicité des incidents et des émotions allonge le temps, il me semblait que je n'avais pas vu Adeline depuis huit jours. Je montai l'escalier, non plus avec de minutieuses précautions, mais en martelant du pied chaque marche, pour mieux m'annoncer.

Elle vint au-devant de moi, et me tendit la main. — A la bonne heure, me dit-elle, te voilà présentable! Le père Aristide a bien compris mes instructions. Mes lettres sont-elles à la poste?

— Qu'est-ce que la poste?

— C'est une administration qui se charge de transporter les lettres.

— Une administration? je ne comprends pas.

— Enfin Aristide a-t-il fait toutes mes commissions?

— Il les a faites.

— A merveille! et je m'aperçois au contenu de ce panier qu'il n'a pas oublié la question des comestibles. Tyana, je t'invite à déjeuner.

Le couvert était mis sur un petit guéridon, au-dessous de l'écusson de la voûte. Une miche, un pâté et une bouteille furent tirés du panier; et jamais, je crois, repas mieux ordonné n'avait été servi dans la salle gothique. Faute de chaises, chacun de nous s'assit sur des fagots.

Adeline s'amusa beaucoup de la gaucherie avec laquelle je mangeais. Au lieu de porter directement à ma bouche les morceaux que je piquais avec ma fourchette, il m'arrivait souvent de les en détacher avec les doigts à moitié chemin. Adeline riait aux éclats.

— Tu t'étonnes peut-être de me voir si gaie, dit-elle; c'est que je suis heureuse maintenant que j'ai la certitude que mon père est rassuré. Hier encore j'ai pénétré dans notre maison, et je l'ai aperçu qui soupait tranquillement. C'est un homme apathique, un peu matériel, et ma lettre achèvera de le tranquilliser. Et puis je compte sur mon oncle; j'espère qu'il parviendra à dissuader mon père de ce ridicule mariage.

— Dis-moi, mademoiselle, si tu n'épouses pas Rabachon, qui épouseras-tu?

— En quoi cela te regarde-t-il, s'il te plaît? répondit la jeune fille en rougissant un peu. Je te trouve bien osé de m'interroger de la sorte sur mes projets d'établissement! Au fait, pendant que j'y songe, qui t'a permis de me tutoyer?

— C'est une question qu'un gendarme m'a déjà adressée, mais je ne l'ai pas comprise.

— Sans avoir rien de commun avec un gendarme, j'ai droit comme lui de me formaliser des impertinences, même après les avoir quelque temps tolérées. Tu dois me dire *vous*, et non *tu*. Au lieu de me demander: « Si tu n'épouses pas Rabachon, qui épouseras-tu? » il fallait dire: « Si vous n'épousez pas M. Rabachon, mademoiselle, qui épouserez-vous? »

— Pourquoi cela? tu n'es pas plusieurs. Les hôtes de mon grand-père Namourik, les marins du *Lézard*, me tutoyaient, je leur rendais la pareille. J'ai toujours tutoyé tout le monde, et je ne croyais pas que ce fût mal.

— C'est très-mal, Tyana; en tutoyant ainsi les gens, tu manques aux premières règles de la politesse.

— Mais vous-même, qui me dites *tu*, mademoiselle, vous manquez donc à ces premières règles de la politesse?

— Oh! il y a bien de la différence entre nous. Quand je parle à Pierre ou à notre berger, j'ai l'habitude de les tutoyer. Eh bien! mon pauvre Tynaa, tu es comme eux, sans éducation, dépourvu des avantages qui assurent à l'homme un rang parmi ses semblables. J'agis envers toi comme une sœur envers un frère encore faible, dont elle dirige les premiers pas, auquel elle enseigne à bégayer ses premières paroles. Au reste, monsieur Tyana, fils de *tamet*, ajouta-t-elle avec un petit air boudeur, si votre dignité royale est offensée, je ferai plus de cérémonie.

— Non, répliquai-je avec ardeur, ne change point... ne changez point votre langage. J'aime à me persuader que c'est un gage d'affection; mais quand même il attesterait seulement le mépris d'une créature parfaite pour un être inférieur, eh bien! je m'y résigne. Que suis-je en effet pour vous, belle comme l'oiseau Tuli, pure comme le ciel, généreuse comme la mer? que suis-je, moi, Tyana le sauvage, l'homme des bois, le vagabond? Je vous ai demandé qui vous épouseriez? que m'importe? ne doit-il pas me suffire de comprendre que ce ne sera jamais moi?

A cette pensée mes yeux s'emplirent de larmes, que je m'efforçai vainement de retenir. Adeline quitta sa place, posa ses mains sur mes épaules, et s'inclina vers moi. Je renversai la tête en arrière, et fixai sur ses yeux mes yeux humides.

En ce moment mon blaireau, qui rôdait dans l'escalier inférieur, en sortit tout effaré, poursuivi par un chien de chasse; à mon aspect, l'épagneul oublia l'objet de sa poursuite et se mit à aboyer en me regardant.

Des pas et des voix se faisaient entendre dans l'escalier.

— Nous sommes trahis! m'écriai-je en saisissant ma hache. Adeline, je ne veux pas qu'on t'enlève à moi!

— Du calme, répondit-elle, ne te compromets pas inutilement.

M. Félix, des gardes, des gendarmes, des paysans entrèrent tumultueusement dans la salle.

— Honneur à Ramonceau! s'écria M. Félix, le gibier est dépisté!

J'allais m'élancer sur lui; mais Adeline me retint, et le brigadier de gendarmerie prononça les mots sacramentels:

— Au nom de la loi, je vous arrête!

CHAPITRE XIII.

L'article 357 du Code pénal.

Je fus séparé de mon amie, garrotté et conduit en prison. Je m'imaginai d'abord que je devais mon malheur à la dénonciation du père Aristide, mais j'appris, chemin faisant, qu'à force de menaces on lui avait seulement arraché l'aveu qu'il m'avait reçu chez lui dans la matinée. Comme l'avait dit le garde forestier, l'honneur de ma capture revenait à son chien Ramoneau, auquel on avait fait flairer mes vieux habits, et qui avait suivi ma piste.

J'étais au pouvoir des blancs, qu'allaient-ils faire de moi? Que m'importait? Adeline m'était ravie, elle était rendue à son fiancé; j'étais prêt à subir les tortures et la mort.

Pendant la semaine qui suivit mon incarcération un magistrat me fit subir des interrogatoires réitérés, et enregistra toutes mes réponses. A ma grande surprise, il ne me traita pas en ennemi vaincu qu'on veut faire périr dans les supplices; il me témoigna même une grande bienveillance, et me donna toutes les explications nécessaires pour me faire comprendre les charges qui pesaient sur moi.

J'étais accusé de rébellion à main armée envers les agents de la force publique; de délits de chasse; de dévastations commises dans les bois; de pêche avec des appâts et engins prohibés; de bris de clôture; de vol, la nuit, dans une maison habitée, car on croyait que j'avais accompagné Adeline dans ses excursions nocturnes; enfin, de détournement de mineure.

— C'est la charge la plus grave qui s'élève contre vous, me dit le magistrat. D'après les renseignements qui nous sont parvenus, vous auriez, par fraude ou par violence, enlevé ou fait enlever la fille Adeline Mauginard de la maison de son père; crime prévu par les articles 354 et suivants du Code pénal. Qu'avez-vous à répondre pour votre justification?

La supposition me paraissait tellement singulière, que, malgré mes chagrins, je ne pus m'empêcher de rire.

— Prenez garde, reprit le magistrat d'un ton sévère, d'aggraver votre position en manquant de respect à la justice.

Sans vouloir me disculper au détriment de mon amie, je racontai franchement ce qui s'était passé entre nous. Le juge d'instruction m'écouta gravement, prit note de mes déclarations, et me fit reconduire en prison.

Après m'avoir entendu, il fallait citer des témoins, recueillir des pièces de conviction, rédiger des procès-verbaux et un rapport à la chambre du conseil. Ma captivité se prolongea, mais elle me fut utile. L'aumônier de la prison, qui me rendait de fréquentes visites, était un homme animé du véritable esprit évangélique. Il eut pitié de mon ignorance, de ma faiblesse, de ma cécité intellectuelle, et entreprit d'y remédier en m'initiant aux vérités de la religion chrétienne. Grâce à ses exhortations, j'abjurai mes dieux menteurs. Tangaloa Lagi, le grand dieu; les dieux secondaires, Tamafaiga, Sinleo et Onafanua; Salfeu, qui soutient la terre; Mesua, qui lance les éclairs; Faana, qui ouvre les réservoirs de la pluie; Tinitini Lamamau, qui soulève les tourbillons, cessèrent de recevoir mon hommage. Les dogmes élevés, la morale sublime de l'Écriture pénétrèrent mon cœur.

Le bon prêtre voulut contribuer également à mon instruction: il me donna des leçons d'écriture, de lecture et d'arithmétique, et telle était l'excellence de sa méthode, tel était mon désir d'apprendre afin de correspondre, s'il était possible, avec Adeline, que je fus à même de me passer de leçons longtemps avant de sortir de prison.

Qu'on vienne donc, en présence de ces faits, déclamer contre les abus de la détention préventive!

Le vénérable aumônier m'éclaira sur les véritables intentions des blancs à mon égard. Ma vie n'était nullement en danger, peut-être même ne serais-je pas mis en jugement. Mon sort intéressait un grand nombre de personnes notables. L'oncle d'Adeline venait d'arriver de Lorient, et, par un hasard que le vénérable abbé me fit envisager comme une faveur de la Providence, il se trouvait que c'était le capitaine du brick *le Lézard*.

Peu de jours après conduit devant le juge d'instruction, j'y fus confronté avec le capitaine.

— C'est bien lui, dit-il après m'avoir contemplé; Tyana, me reconnais-tu?

— Oui, capitaine, c'est vous qui m'avez enlevé à mon pays, et qui vouliez me présenter à l'Académie des sciences.

— Je puis avoir quelques torts envers toi, jeune homme, mais je tâcherai de les réparer. M. l'abbé Pougeois m'a dit le plus grand bien de toi; il t'a trouvé docile à ses enseignements, plein d'intelligence, avide de t'instruire, il te croit capable de devenir un sujet. Monsieur le greffier, auriez-vous la complaisance de me relire le passage que vous me citiez tout à l'heure?

Le greffier se renversa sur sa chaise, et lut: « Article 357. Dans le cas où le ravisseur aurait épousé la fille qu'il a enlevée, il ne pourra être poursuivi que sur la plainte des personnes qui, d'après le Code civil, ont le droit de demander la nullité du mariage. »

— Comprends-tu, Tyana?

— Pas trop.

— Tu es accusé d'avoir enlevé ma nièce. On vous a surpris ensemble dans un repaire qu'au dire d'un témoin tu appelais *notre* retraite et où tu rentrais à huit heures du soir. Adeline m'a expliqué tout cela. Elle n'est pas coupable, ni toi non plus; mais enfin il y a un grand scandale public, qu'augmenteraient les débats d'un procès. J'ai fait sentir à mon beau-frère qu'il fallait l'éviter; que sa fille était compromise, perdue de réputation, et qu'elle n'avait qu'à choisir entre deux partis : ou rester fille toute sa vie, ou t'épouser.

— M'épouser, répétai-je d'une voix tremblante, m'épouser, moi, le sauvage !...

— Pourquoi pas ? tu es capable, tu as bonne envie d'étudier, tu te feras vite une place dans le monde. Pour quelles raisons la fille d'un cultivateur enrichi dédaignerait-elle le fils d'un roi ? s'il y a mésalliance, c'est de ton côté.

— Mais, elle !... elle n'y consentira jamais !

— Sois sans inquiétude, je te promets que nous n'aurons pas de peine à l'y décider.

Mon bonheur était si grand, si imprévu, que, malgré la présence du juge, je fus sur le point de danser l'*hulu-hulu*, ma danse nationale; mais tout à coup une douloureuse pensée m'accabla.

— Et mes parents ! et ma patrie !

— J'en ai eu des nouvelles par le capitaine de *la Thisbé*, qui a relâché aux Carolines deux mois après moi. Ton oncle Coroou s'est emparé du pouvoir; à la suite d'une sanglante bataille entre ses partisans et les derniers défenseurs d'Akoubea, le *tamet* et ses deux femmes ont été massacrés.

A ces mots, saisi d'une violente douleur, je me jetai la face contre terre, et je m'arrachai les cheveux en poussant des sanglots convulsifs. Les assistants respectèrent mon désespoir, et attendirent qu'il se fût calmé pour m'adresser la parole.

— Tyana, reprit le capitaine, dans toute ma conduite, je cherche à être juste. Je désire que tu te maries avec ma nièce; je crois que tu n'auras pas à t'en repentir, car elle joint à l'instruction d'une femme du monde les qualités d'une ménagère et la simplicité d'une fille de campagne. Mais, si tu regrettes trop Namolipiafan-Fananou, d'où je t'ai tiré, mon devoir est de t'y ramener. Dans un mois, je remets à la voile. Veux-tu partir avec moi ?

Malgré mon amour pour Adeline, j'hésitai. N'avais-je pas mes parents à venger, leur meurtriers à punir ? En reparaissant dans l'île d'Ikop, ne pourrais-je y rallier mes amis, faire triompher la cause de la justice ? Mais ces idées d'ambition, de gloire, de vengeance, se dissipèrent comme une vapeur devant la radieuse image d'Adeline; et je répondis : — Je reste !...

Une semaine après, le juge d'instruction fit son rapport à la chambre du conseil, qui rendit une ordonnance de non-lieu. Les deux principaux chefs d'accusation n'étaient pas suffisamment établis. Quant aux délits et contraventions dont j'étais coupable, ils étaient de nature à être punis pour des peines correctionnelles; mais, en vertu de l'article 66 du Code pénal, il fut décidé que j'avais agi sans discernement. Le bénéfice de cet article n'était applicable qu'à un mineur âgé de moins de seize ans; néanmoins les juges, ayant éga à ma position exceptionnelle, usèrent envers moi d'indulgence.

Un matin, mon geôlier vint m'annoncer que j'étais libre. — Seul ment, ajouta-t-il, si personne ne vous réclame, comme vous êtes e état de vagabondage et sans moyens d'existence avoués, on va vo conduire au dépôt de mendicité.

— Qu'entendez-vous par là, lui dis-je, suis-je libre ou ne suis-je pas ?

La question fut tranchée par l'apparition d'un juge et du capitain Je montai dans une carriole à côté de celui que je croyais pouvo déjà nommer mon oncle, et nous partîmes en écartant la cohue d curieux qui se pressaient pour me contempler et me montraient d doigt en disant : — Voilà le sauvage !

La voiture s'arrêta aux portes du domaine de la Perrière, demeu de ma nouvelle famille. Adeline ne vint pas à notre rencontre, ma je l'aperçus, qui nous regardait à la dérobée, cachée derrière un r deau. On m'introduisit au salon, où son père me reçut avec cordialit

— Ah ! jeune homme, me dit-il, vous avez failli me causer u attaque !... Vous m'avez donné bien de l'ennui, mais j'espère que d rénavant je pourrai vivre en paix. On assure que vous avez des dispo sitions; je vous mettrai au courant de mes affaires, vous en aurez gestion, et je n'aurai plus a m'occuper que de soigner mon estoma qui est bien faible.

Je balbutiai quelques remercîments en jetant autour de moi d regards inquiets. Mon oncle, qui remarquait mon impatience, sorti et reparut avec Adeline.

Elle s'avança timidement; je lui pris les deux mains, et la rega dant avec amour : — Est-ce bien vrai, lui dis-je, que tu m'aimes que je t'épouse ?

— Oui, murmura-t-elle en inclinant la tête sur mon sein.

Ce monosyllabe était presque un soupir, un son inarticulé; mais n'en demandais pas davantage.

La suite de mon histoire n'offre aucune particularité remarquabl Ma vie actuelle est celle de tout homme actif, occupé d'administre ses biens et de faire valoir ses capitaux, consacrant ses loisirs à l'étud des sciences, aimant sa femme et ses enfants, heureux dans sa sphè restreinte, et ne désirant ni plus de fortune ni plus d'éclat.

Tout ce qu'il y avait en moi du sauvage est effacé. Récemmen nommé maire de ma commune, j'ai obtenu la croix de le Légio d'honneur pour des services rendus à la cause de l'ordre et de civilisation.

Seulement j'engraisse trop.

Le loup recula en hurlant.

FIN DU DERNIER ROBINSON.

Paris. Typographie Plon frères, rue de Vaugirard, 36.

www.ingramcontent.com/pod-product-compliance
Ingram Content Group UK Ltd.
Pitfield, Milton Keynes, MK11 3LW, UK
UKHW021020220726
13924UKWH00001B/98

9 782019 913564